ソフィア
ヘンリー
マイ
登場人物
紹介

キリアス
リヨ
グリド

「辛いけど、美味しい」
「目が潤むほど？」
「えへ。あまりにあっちの世界の味だったから懐かしくて」
「そう。喜びの涙ならいいんです。うっ、熱い。こんなに熱いのに、よく平気ですね」

menu

王都の行き止まりカフェ『隠れ家』1

～うっかり魔法使いになった私の店に筆頭文官様がくつろぎに来ます～

守雨 Syuu　イラスト：染平かつ

プロローグ　おばあちゃんの餞別

病院のベッドで酸素吸入をしている私を、おばあちゃんがジッと見ている。

今日のおばあちゃんは、表情がキリリとしていて、昨日までの哀（かな）しみに満ちた顔とは違う。なんでかな。

「おばあちゃん？」

「マイ、私は今、とても後悔しているんだよ。なぜこうなるまでお前の病気に気づかなかったんだろうかとね」

「お医者さんも、言って、いたじゃない。進行する、まで、自覚しにくい、病気だって。私は何も、感じなかった。おばあちゃんの、せい、じゃない」

本当におばあちゃんのせいじゃないよ。それは気にしないでよ。私の心残りは、おばあちゃんと猫の夜太郎（やたろう）のことだけだ。

「この世界はとても医療が進んでいるから油断していた。人々はみんな長生きで、八十近い私でさえ、かくしゃくとしている。便利で平和で、まるで天の国のようだと思っていた。でも絵里（えり）と博之（ひろゆき）さんは事故で亡くなった。そして今度はお前まで。この世界も死から逃れられないのはあちらの世界と同じなのにね。私は本当にうかつだったよ」

あちらの世界って？　なに言ってんの？

私のことがショックでおかしくなったのだろうか。だとしたら困る。私はもう長くない。私がいなくなった後、おばあちゃんはどうなるのか。

「マイ、独りぼっちで知らない世界に行くとしたら怖いかい？　この世界のような便利さは全くない世界なのだけれどね」

「何の、話？　あの世の、話？」

おばあちゃんは首を振る。私は少し話をしただけで息苦しくなった。内臓にできた腫瘍は早い段階であちこちに転移していて、肺も病んでいる。打てる手はもう全部打った。あとは痛み止めで対処するだけだと、会いたい人に来てもらうようにと、昨日担当の先生が言いにくそうに伝えてくれた。

「あの世の話じゃないよ。その世界に行けば、お前は一人でどうにかして生きていかなきゃならない。その代わり、健康な体でやり直せる。どう思う？」

「いいね。最高だわ」

私は笑ってみせた。ハァハァと乱れた呼吸を整えて、今のうちに謝ることにした。

「ごめんね、おばあちゃん。まさか、二十五で、人生が終わると、思って、なかった。おばあちゃんに、孝行、たくさん、したかった。元気でやり直せたら、ほんと、最高なのに」

「そうか。わかったよ。できるだけの餞別(せんべつ)は持たせる。新しい世界に行っても頑張るんだよ、マイ」

やっぱりおばあちゃんは、おかしくなっちゃったんだな。困ったなあ。区役所に電話しておばあちゃんのことを頼まなくちゃ……。

おばあちゃんが指先で私の眉間に触れ何かを唱え始めた。お念仏とは違うような。

おばあちゃんの指先が温かい。その眉間から温かい何かが流れ込んでくる。眉間から流れ込んだ何かが、ゆっくり全身を巡っている。温かくて気持ちがいい。だけど眠ってしまう前に、区役所に電話をしたいよ。

「マイ、笑って生きるんだよ」

ごめんね、おばあちゃん。私、お世話になるばかりで恩返しができなかったね。夜太郎に、私がもう帰らないことを伝えてくれるかな。あの子が私の帰りを待っていたらつらいんだけど。

「ごめんね、おばあちゃん」

温かくて気持ちよくて、私はゆっくり目を閉じた。


目が覚めたら、私は質素な部屋のベッドに横たわっていた。人のよさそうな年配の男女がベッドの近くから見守っている。

「よかった。目が覚めたね。お嬢さんはうちの畑の真ん中で倒れていたんだよ。怪我(けが)はないようだけど、気分はどうかな」

聞いたこともない言葉なのに私は自然に聞き取っている。畑の真ん中って？　理解が追いつかず、ゆっくり起き上がった。

（あれ？）

体が思い通りに動く。眠る前までの疲労感と倦怠(けんたい)感がない。酸素吸入なしで呼吸が楽だ。

「ここは……どこでしょうか」

「ここはオーブ村だよ」

オーブ村？　どこそれ。ベッドを下りて窓に歩み寄った。

「なに……これ」

外には貧しげな家が散在している。遠くまで畑が広がっていて、そのさらに向こうには富士山を二つ並べたような形の高い山。しかも二つの山は頂(いただき)から煙を吐いている。あんな山、日本にはない。

眠っている間に、どこに連れてこられた？　おばあちゃんは今、どうしている？

「おばあちゃん……」

少し立っていただけなのに、痩せて筋肉がなくなっている体は立っていられず、その場でへたり込んだ。奥さんらしい人が私を抱えて立たせ、ベッドに寝かせてくれる。

とにかくおばあちゃんのことが心配だ。

夢かと思ったが、ここで何回朝を迎えても事態は変わらなかった。自分が夢を見ているのではないと受け入れるまでに数日かかった。心は激しく波立っていたけれど、体はすこぶる快調だ。

『お前は一人でどうにかして生きることになるけれど、健康な体でやり直せる』

おばあちゃんが言っていたのは、こういうこと？　おばあちゃんは、なぜこんなことができた？

数日間、この考えを繰り返し、やがて納得できないまま受け入れた。

どうやったのかは全くわからないけれど、これはおばあちゃんが私を生かし続けるためにしてくれたことだろう。ここはどう考えても地球じゃない。とりあえずそれだけは無理やりのみ込んだ。それからの私は、生きることと、この世界に適応することに全力を注いでいる。今度こそ健康に生きたい。

私は忙しく体を動かすことで不安を忘れることにした。

畑でインゴさんとエラさんの夫婦に保護されてから二ヶ月が過ぎた。

ここの生活の知識と技術を何も持たず、お金も持っていない私に夫婦は、生活するのに必要なことを教えてくれた。電気、ガス、水道が存在しない暮らしは、起きている時間の大半を食べるために使う。娯楽や教養に費やす時間なんてない。薪（まき）を燃やして煮炊きをし、広い畑をクワで耕して作物を収穫する。使う水は全て井戸から桶（おけ）で汲（く）み上げる。

日本にいたときはマッチさえ使ったことがなかった。そんな私がかまどの薪に火をつけるのにどれだけ苦労したことか。アウトドア好きでもない限り、金属製の火つけ棒（ファイヤースターター）を試してみたらきっとわかる。乾燥させた藁（わら）を使っても、薪が燃える前に藁の火が消えてしまうのだ。

日の出と共に起き、粗末な食事で延々と働く。陽（ひ）が落ちる前に帰宅する。日に二回の食事は自給自足。私は全身に筋肉が戻りつつある。今日は畑で青菜とニンジンと豆を収穫した。

この世界に来たのは春の終わりの五月で、今は七月。夏だ。湿度が低くてカラリと暑い。

「おなか空（す）いたなぁ。肉を食べたい。よし、今日も鳥を狩って帰ろう」

おばあちゃんは『できるだけの餞別は持たせる』と言っていた。餞別とは『魔法』と『魔力』のことだった。私の脳に、学んだ覚えのない魔法の知識が大量にある。その知識を試したら魔法を使えた。今は少しずつ魔法を使えるようになっている。

パニックと落ち込みからは完全に立ち直った。落ち込んだり悲しんだりしていてもおなかは空く。何もしない私が一日中働いている夫婦から食べ物を分けてもらう申し訳なさが、私を奮い立たせてくれた。

（働こう。働かずに食べさせてもらうわけにはいかない）

そう決めるまで時間はかからなかった。

こちらに向かって鳥が飛んでくる。鳥を見上げながら体内で魔力を練る。十分に魔力を練ってから指先に魔力を集めて鴨（かも）ほどの大きさの鳥を狙う。親指と人差し指でピストルの形を作って、空気を高速で発射した。

鳥が空中で動きを止めて、ドサッと落ちてきた。

動物を狩る罪悪感は、もう薄れた。肉を食べたかったら自分で狩らねばならないし、夫婦にとって肉は年に数回しか食べられない貴重なものだと聞いた。

居候の私は、お礼を兼ねてせっせと野の鳥を狩った。

私が今使ったのは風魔法だ。ちなみに私を保護してくれた夫婦は魔法を使えない様子。夫婦には石を投げて狩ったということにしている。

働こうと決めてからは心が落ち着いた。痩せてしまった体で一日中畑仕事と家事を手伝い、倒れ込むようにして眠る毎日だ。毎晩へとへとになってベッドに横になるけれど、寝る前にやることがある。脳内に収められた魔法関連の知識を調べることだ。

『火魔法』の呪文を選んで唱えると、指先にロウソクほどの火が灯る。最初は消し方がわからず大慌てしたが、「消えろ」と念じれば火は消える。

五種類の魔法の知識はあったものの、どれも最初はささやかなことしかできなかった。火魔法では、ロウソク程度の火。水魔法では、澄んだ水を大さじ一杯分くらい。風魔法では、弱々しい風を操ることが。土魔法では、握りこぶしほどの穴を掘ることができた。

その他に変換魔法もあった。

どうやらこれは珍しい魔法で、おばあちゃんは変換魔法が一番得意だったらしい。おばあちゃんから貰った知識と記憶を探ると、いろいろ面白い使い方ができそうな魔法だった。ただ、魔法の知識は山ほど貰っているのに、こちらの世界の情報や生活の知識は驚くほど少ない。

私は毎日こっそり魔法の練習を重ね、腕を着実に上げている。魔法の知識と技術を夫婦に披露していいかどうかがわからないから、二人にはまだ何も見せていない。

さて、もうすぐ日が暮れる。仕留めた鳥を土産にさっさと帰ろう。この世界の空には月がない。夜が来れば、外は真の闇になる。

帰りながら昼間の出来事を思い出した。夫婦の息子さんがやってきたのだ。息子さんは見知らぬ私が同居していることに驚きながらも、両親に「話がある」と切り出した。だから離れた場所の畑まで行ったのは私だけ。

家に戻ったら旦那さんは家の前の畑で働いていて、奥さんは台所で豆を煮ていた。

「ただいま帰りました。青菜とニンジンと豆を収穫してきました。それと、鳥もついでに」

「おかえり。おお、よく太ったジュジュだ。マイ、ありがとうよ」

「マイは本当に狩りが得意ね。ありがたいわ。肉を毎日食べられるなんて、夢のようよ」

エラさんが嬉しそう。二人とも五十代だ。エラさんの野鳥を解体する手際が素晴らしい。

今日狩った鳥を食べられるのは数日先。血抜きして羽をむしって、内臓を抜いて、数日置く。肉を熟成させるためだ。今夜はすでに下処理してある鳥で具沢山スープと炙り焼きだ。

ランプの心許ない明るさの下で夕飯を食べていたら、エラさんとインゴさんが二人して改まった感じに話を始めた。

「とても言いにくいことなんだが、マイに話さなきゃならないことがある」

インゴさんがとても気まずそうな顔をしている。

「俺たちは息子夫婦の家へ行くことになった。三月前、息子のところに二人目の孫が生まれたんだが、嫁の産後の肥立ちが芳しくなくてね。二人の孫の世話、畑仕事、家のこと。今すぐにでも人手が必要なんだよ」

「マイと暮らすのは楽しかったけれど、私は膝の具合が悪いから、息子の家まではとても通えないの。それで……引っ越すことになったんだけど、その前にこの家を売らなきゃならないの」

つまり私はここを出ていかねばならないということだ。

どうしよう、と思ったが、すぐ気を引き締めた。優しい二人に気を使わせてしまうから、がっかりした顔を見せたくない。ことさら何でもないような顔で笑った。

「実は私も王都に行こうかと思っていたのです。だから私のことは気にしないでください。今までお世話になりました。インゴさんとエラさんに保護してもらわなかったら、今頃あの世に行っていましたよ。お二人は私の命の恩人です」

「すまないね。許しておくれ」

「いいえ！　こちらこそお世話になりました」

涙ぐんで何度も「悪いわね」と繰り返すエラさんに「本当に大丈夫ですから。心配しないで」と言ってからベッドに入った。三畳ほどの広さの元納戸（もとなんど）が私の部屋だ。ベッドは四角い木の枠に藁をたくさん詰め込んでシーツを被（かぶ）せたもの。案外寝心地がよかったこのベッドとも今夜でお別れだ。

藁ベッドの中で、入院用のパジャマのポケットからある物を取り出した。直径五ミリから一センチくらいまでの、大小さまざまな球形の石。石は私が魔法で作ったオパールだ。青と緑と赤が複雑な模様を描いている。

オパールはおばあちゃんの得意技らしい『変換魔法』で作った。変換魔法は、手に入れたいものを脳内に思い浮かべてAをBに変換する。材料を必要とするところが火・水・風・土の魔法とは系統が違う。

最初に試したのは、木の枝を木のスプーンや皿にすること。全く疲れずに作り出せた。木から木製のものを作るのは簡単。

そこで、昔の記憶を思い出した。高校で物理の教師をしていた父の言葉だ。

『ダイヤと炭がどちらも炭素からできているように、オパールはそこらへんの砂や土に含まれている石英と材料は同じ。二酸化ケイ素が主な材料なんだよ。少し水を含むところが特徴かな』

だったら、おばあちゃんの知識にあった土魔法と変換魔法の両方を使って、土の中の二酸化ケイ素と水分を集めたらどうだろう。それらを集めてオパールに変換できるんじゃないだろうか。それができたらお金に不自由しないのでは？

自分の思いつきにワクワクしながら地面に手を当てた。オパールをイメージしながらダメ元で魔法を放つ。

指輪に使われるような楕円形のオパールを思い浮かべながら魔力を地面に流し込んだ。冷や汗が出るまで魔力を流し続けた結果、大きさが違う球形のオパールが三個、私の手のひらと地面の間に現れた。楕円形のオパールをイメージしたのに、なぜか出来上がったのは全て球形だ。だけど球形でもいい。初回で成功なんてすごいんじゃない？

それからはこまめに地面に手を当て、小粒のオパールをコツコツと作った。この調子で炭からダイヤも作れるはずだけれど、今はまだ試していない。炭は貴重品できちんと管理されているから、私が手を出す機会がなかった。

王都に向かう旅費と宿泊費は、道中でこのオパールを売って賄おう。小銀貨一枚で平民相手の宿に一泊できることと、私の足なら六日ほど歩けば王都にたどり着けることは夫婦に教わった。明日にはこの家を出ていこう。

ベッドの中でこちらに来てからの二ヶ月間を思い返した。

こちらの生活に馴染むまでは大変だったが、エラさん夫婦に保護されたことは最高の幸運だった。この世界で役立つ生活技術を何ひとつ持っていなかった私を、夫婦は優しく面倒を見てくれた。

夫婦の言葉の端々から「マイはどうやら異国の裕福な家のお嬢さんらしい。きっと何かやらかして追放されたのだろう」と思っていることが伝わってきた。ご夫婦には何度も「大変だったね。こんな粗末な家で申し訳ない」と言われたっけ。裕福な家のお嬢さんは石で野鳥を撃ち落としたりしないだろうと思ったけど、それは言わなかった。

私はまだ二十五歳。すっかり健康だ。魔法も使える。元気ならばなんとかなる。元の世界でもそう思って生きてきた。善良な夫婦と別れるのは寂しいけれど、王都に行っても私はきっと大丈夫。

大変なときこそ楽天的に考える。これが心を折らないで生きるコツだ。

翌朝、出発する私をご夫婦が見送ってくれた。

「マイ、知らない人に声をかけられても、ついていってはいけないよ」

「暗くなる前に宿に泊まるんだよ。野宿なんかしてはいけないよ」

「宿代までくださって、本当にありがとうございます。お世話になりました。どうぞお元気で」

ハンカチしか持っていなかった私に、エラさんはパンを、インゴさんは貴重品であろう金属製の水筒をくれた。少ないけれど宿代にしなさいと言ってお金も持たせてくれた。その優しさがありがたくて泣きそうになったけれど、泣かない。泣いたら二人に気を使わせてしまう。

この世界に来たときの入院用パジャマで出発するわけにいかず、エラさんのお下がりを着て出発することになった。最後までお世話になりっぱなしは嫌だから、せめてものお礼をした。

別れ際に「私がいなくなってから中を見てね」と言ってハンカチに包んだ十粒のオパールを渡した。こつこつ作って集めておいた中から、なるべく大粒のものを選んだ。

「さようなら！　二ヶ月間、お世話になりました！　どうぞお元気で！」

「気をつけるんだよ！　マイ、がんばってね！」

手を振って見送ってくれる二人を、一度だけ振り返った。それからは振り返らず、グスグスと泣きながら歩いた。さようなら、優しい人たち。私を助けてくれてありがとう。このご恩は一生忘れません。何度もそう繰り返しながら歩いた。

そこからはひたすら徒歩。日の出から日の入りまで休み休み歩く。

七月だから日の出は早く、日の入りは遅い。一日に八時間ぐらい歩いている。こんなに歩いたのは生まれて初めてだ。足の裏は水ぶくれができたし、足の皮があちこちすりむけた。姿勢が悪かったのか、首と肩まで筋肉痛だ。足腰背中は言うまでもなくバリバリに筋肉痛。宿のベッドに倒れ込むほど疲れたけれど、疲れすぎて眠れないこともあった。それでも王都を目指して歩き続けた。王都までは一本道なのがありがたい。もはや気分は修行僧だ。

六日目。やっと前方に王都が見えてきた。遠くに高い建物がたくさん見える。

安堵(あんど)のあまり街道に崩れ落ちた。道にへたりこんだまま「やったあ！」と大声で叫んだ。道行く人たちが怯(おび)えた顔で私からサッと離れていく。怖がらせたのは申し訳なかったけれど、どうか許してほしい。人生初の強行軍だったのだから。

たどり着いた王都はさすがに人が多い。建物も石やレンガを使った三階建て四階建てがたくさんある。そして物々交換が主流だったオーブ村とは違って、お金で買い物ができる。さすがは都会！

オパールを売ったお金で、甘いものを食べまくった。オーブ村には干した果物以外に甘いものが全くなかったからね。

「生き返るぅ！」

満腹になるまで焼き菓子を食べてから、女性が一人でも安心して泊まれそうな小ぎれいな宿を選んで入った。これからしばらくこの宿を拠点にして、店舗兼住宅を探すつもりだ。

へとへとの体で思い出すのは、おばあちゃんと夜太郎のことだ。

私は東京でおばあちゃんと二人で喫茶店を営んでいた。古い喫茶店は最近のレトロ喫茶ブームで賑（にぎ）わっていたのだが。

おばあちゃんは今、どうしているだろう。お店の常連さんたちもいるから、きっと大丈夫だと思うしかない。

夫に先立たれ、娘夫婦にも先立たれ、独りになるのを承知で孫の私をこの世界に送り出してくれた。本当に強い人だ。

それにしてもおばあちゃん、あなたは何者なのよ？

考えてみれば、おばあちゃんの子供の頃の話を聞いたことがない。二十八歳で祖父と出会い、私の母を産んだところからしか知らない。

七十八歳のリヨおばあちゃんは、この世界とどういう関係だったのだろう。いつかこの謎が解けるといいのだけれど。

私は宿に滞在しつつオパールを換金してお金を貯(た)め、飲食店を回っている。この国の食事情や好まれる味を調べているのだ。

出かけようとしたら、宿のご主人が愛想よく話しかけてきた。

「マイさん、今日も王都見物ですか？」

「ええ。せっかく田舎から出てきたんですもの、隅々まで見て回りたいと思いまして」

王都の食事情を調べ回ること三週間。大衆食堂から高級料理店まで食べ歩いた。

肉は豚肉が中心。その次が羊と鶏。牛肉は高級品だ。味付けはシンプル。手の込んだ味付けはしていない。臭み消しや風味づけに香草を使っているが、庶民が通う店では香辛料(スパイス)の使用はほんの少しだけ。

「今日の肉も硬かったなあ」

肉は硬い。おろし玉ねぎや果物、ワインなどで肉を柔らかくする手法は、少なくとも庶民が行く店では使われていない。燃料費の関係か、長時間煮込んで柔らかくすることも稀(まれ)だ。

柔らかい肉を提供したら歓迎されるのでは？

それとも「食べ応えがない」と嫌がられるのか？

宿の部屋に戻って考える。店を構えたらあれこれ試そう。私には現代日本の知識と料理の経験、それに魔法がある。

「さて、そろそろ本格的に住処を決めますか」

宿の三階の部屋の窓から王都の街並みを眺めながら覚悟を決めた。

裏通りを中心に物件を探した。業者さんに案内されて何軒も見て回り、二階建ての店舗付き住宅を見つけた。「売家」の看板に駆け寄ると、案内してくれていた男性は顔を曇らせた。

「ここは行き止まりですから、人通りは期待できませんよ。もっと目立つ場所に……」

「いえ、ここに決めます」

王都の繁華街から裏道に入り、行き止まりの手前の一軒家。隠れ家みたいでいいじゃないか。すぐにその建物を買い取ることにした。

「全額を今、即、お支払いですか？」

「ええ。宿まで来てくださる？　重い袋を私が一人で運ぶのは危険ですし」

私の部屋で革袋をテーブルに置き、中の金貨を数えてもらう。男性は（こいつ何者？）という目で金貨と私を見たから、遠くから来た裕福な家の娘という設定で話した。信じたかどうかは不明。

契約は完了して、行き止まりの家は私のものになった。

「よし。準備は万端だ」

不安も孤独も全部心の引き出しにしまい込んで、私はこの国の王都の片隅でカフェを開く準備を進めた。

第一章　常連の文官さん

王都でカフェを開いてから二ヶ月が過ぎた。今は十月。穏やかな秋本番、といったところだ。

私はウェルノス王国の王都の片隅で、ひっそりとカフェを営んでいる。繁華街の端っこの、路地の行き止まりにある店。とても目立たない場所なので、店名を『隠れ家』にした。

魔法を使えば働かなくても豊かに生きていけるだろう。けれど、知り合いもいないこの世界で誰とも関わらずに食べて寝て消費するだけの生活をしていたら、早晩心を病むのは目に見えている。人間には生きる張り合いと言葉を交わす相手が必要だ。

ドアベルの音がして、お客さんが入ってきた。

開業した直後から通ってくれているお城勤めの文官さんだ。かなり体格がよくて、身長は百九十センチ近いし全身にほどよく筋肉がついている。年齢は二十五歳の私と同じくらいだろうか。

サラサラの黒髪。エメラルドグリーンの瞳。すんなりした鼻筋。やや薄めの唇。お顔がたいそう整っている。所作は上品だしきれいな言葉遣いをする。たぶん、いい家のご出身なのだと思う。

「ヘンリーさん、いらっしゃい」

「こんにちは。本日のランチをお願いします」

「かしこまりました。今日の日替わりは豚バラ肉の柔らか煮込みをのせたお米です」

ヘンリーさんはコクリとうなずくだけ。スンとした表情でいつものカウンターの端の席に座った。

ヘンリーさんは無駄話をしないし、話しかけても笑顔を見せない。感じが悪いわけではないが、基本無表情で無口だ。

今日のランチは丼物（どんぶりもの）だ。この世界にも豚肉の煮込みはあるし、お米もある。だけど丼物はない。長粒米とジャポニカ米の中間の形のお米を、この国ではゆでてお湯を切ってパラパラに仕上げ、野菜としてスープの具や肉料理の付け合わせに使っている。豆や芋やカボチャと同じ扱いだ。

私はそれを日本風に厚手の鍋で炊いて主食として出している。この王都の人々にとっては馴染（なじ）みのない食べ方らしい。

厚手の鉄鍋で炊いたお米は白く、もっちりしている。それを深皿に盛り、肉の塊をのせ、濃い煮汁をかける。最後に緑色のネギと香草を刻んで散らす。ショウガとニンニクを効かせて煮込んだ豚肉は、ナイフを使わずにスプーンだけで崩して食べられる柔らかさだ。

ヘンリーさんがコートを脱ぎ、丁寧にたたんで隣の席に置いた。制服の襟には銀糸で三つの星が刺繍（ししゅう）してある。三つの星はこの国の国旗のモチーフだ。下半身にぴったり添う細身のズボン。膝下までのブーツ。文官さんの制服はかなりかっこいい。

ヘンリーさんはゆっくり食べる。スプーンを使って少しずつ、上品に。たまに目をつぶって味や香りを堪能している。私の料理が大好きと見た。

一切音を立てずにお米も肉も残さず食べ終わると、ヘンリーさんがわずかに唇の両端を持ち上げる。あれは微笑（ほほえ）みだと思う。気づかれないようにその笑みをチェックして、私はグッと拳（こぶし）を握る。

今日も満足してもらえたようだ。

食事が終わったのを確認してお茶を出す。麦茶に似た味のお茶は、ウェルノス王国の庶民のスタンダードなお茶だ。王都の茶葉店には、高価な紅茶もある。でも、この手の庶民的な店で出すものではないことを学習済み。

ヘンリーさんは猫舌で、すぐには口をつけない。いつも冷めるのを待っている。

「マイさんも一緒にお茶を飲みませんか？　ご馳走(ちそう)します」

「では私もお茶をいただきます。でも、お代は結構ですよ」

笑顔でそう答えると、ヘンリーさんは無表情に私を見た。

「売り上げに貢献したかったのですが。今日もお客さんが少ないけれど、商売は順調ですか？」

「経営は順調です。この時間はあまりお客さんが入らないのです。心配していただき、ありがとうございます」

「そうですか。順調ならなによりです。ここが閉店したら、私が困るものですから」

ふふ。ヘンリーさんは相変わらずスンとしている。

この人はいつも午後の二時頃に来店するから、店にお客さんがいないことが多い。この店に通うお客さんは平民ばかり。昼間にお茶やお菓子をのんびり楽しむ平民はこの裏通り界隈(かいわい)にはいない。みんな働いている。だから、今日もこの時間のお客さんはヘンリーさんだけ。

店の経営を心配してくれるヘンリーさんには申し訳ないのだけれど、この店をそれほど必死になって流行(はや)らせるつもりはない。

魔法のおかげで生活費の心配はないから、そこそこ客が入ればそれで十分だ。気がつくとヘンリーさんが真顔で私を見つめている。

「マイさん、どうかしましたか？」

「あっ、いえ。仕事中にぼーっとして失礼しました。明日のランチは何にしようか考えていて」

「そうですか。では私はこれで。明日も来ます」

「お待ちしています」

ヘンリーさんはいつも食後にお茶を飲みながら二十分ほどぼんやりして、それから帰っていく。お城の文官さんというのはどのくらい忙しいのだろうか。いつも少し疲れて見える。忙しいだろうに、ほぼ毎日店に来てくれる。ありがたい。

ヘンリーさんが帰ってからは、夕方の忙しくなる時間まで魔法の練習だ。

最近の私は、毎日手探りで魔法の腕を磨くのに忙しい。私の頭の中には膨大な知識があるが、まだまだ使いこなせていない。例えて言うなら、英単語やフレーズを山ほど覚えているけれど、どの場面でどの単語を使えばいいのか全然わからない、って感じだ。

厨房の流しを見つめ、蛇口からお湯が出る様子を強くイメージして呪文を唱える。

「温水シャワー洗浄。七十度のお湯で」

そんな魔法はおばあちゃんの知識にはない。私が自分の知識とおばあちゃんの知識を合体させたものだ。

小さな入道雲が石で作られた流しの中に現れた。手のひらくらいの大きさの入道雲は、油汚れを石鹸であらかた落としてある食器に熱い雨を強く降らせる。皿やカップに残っていた石鹸の泡が、みるみるうちに洗い流されていく。流し終えたら入道雲を消し、次は衛星画像で見たのとそっくりの、だけど大きさは直径十五センチくらいの台風を出した。

「五十度の温風」

ミニサイズの台風が流しの中で温風を吹き出す。食器がどんどん乾いていく。手洗いせずに数分で食器がピカピカになった。魔法は便利だ。私みたいな駆け出しの魔法使いでも、十分に役立てることができる。

私は本来ならとっくにあの世に旅立っていた。おばあちゃんが私をこの世界に送り出してくれたおかげで、健康な体で生きている。今の人生は「おまけ」であり思いがけない「贈り物」だ。おばあちゃんは笑って生きろと言って送り出してくれた。でも、私だけじゃなく他の誰かも笑顔にできたらもっと素敵だと思っている。

その頃、ヘンリーは一人残って仕事をしていた。書いていた書類を全部重ねてから立ち上がる。

「よし、今日はこれで終わりにしよう。ああ、腹が減ったな」

もう鐘が七回鳴った。宿舎の食堂は片付けを始めているだろう。今から食堂の使用人を働かせるのは気の毒だ。そして『隠れ家』も閉店の時間だ。閉店前だとしても、日に二回通うのは気が引ける。

「さて、夕飯をどうにかしないと」

ヘンリーはマイの作る料理が大好きだ。今日の日替わりはなんだろうと思いながら店に向かう。

そんな自分に気づくたびに（俺は彼女が作る料理が好きなのであって、決してやましい気持ちで通っているわけではない）と、誰に聞かせるわけでもなく言い訳をする。

そして言い訳をするそばからマイの明るい笑顔、艶（つや）やかな髪やきめの細かい肌を思い浮かべてしまう。

（何を考えているんだ俺は。誰かを好きになる資格なんて俺にはないのに。彼女だって俺がどういう人間か知れば、怖がるか気持ち悪いと思うに決まっている。やめておけ。何も期待するな。彼女の笑顔を見られて、彼女が作る料理を食べられれば十分幸せだ）

ヘンリーはランプを消して、真っ暗な大部屋を後にする。端正な顔にはなんの感情も浮かんでいない。ヘンリーは城を出て繁華街に足を向けた。道行く人々の中には若い男女の二人連れも多い。

自分の手に入らぬものをごく自然に手に入れている人を羨（うらや）んだ時期もあったが、いまはほろ苦く眺めるだけだ。

（明日の昼には、また『隠れ家』に行ける。待っていれば、明日はまた来る）

『隠れ家』は最近のヘンリーの心の拠（よ）り所（どころ）になっている。

翌日の昼。ヘンリーは無事に『隠れ家』で昼食を食べることができた。

（今日も旨（うま）かったしマイさんはいつも通り優しかった。まあ、マイさんは客全員に優しいわけだが）

カフェ『隠れ家』を見つけたのは今から二ヶ月以上前のことだ。

ヘンリーは鼻が利く。

昼食を食べる店を新規開拓しようとしていて、嗅ぎ慣れない美味しそうな匂いに気がついた。

繁華街の裏通りの、さらに奥に入った細い道は行き止まりだ。その行き止まりのすぐ手前に店があった。小さな看板に『隠れ家』と書いてあり、窓にはレース風のカーテンが引かれていて店内が見えにくい。一見の客は入りにくい感じの店だ。

(いい匂いがしてくるのはここだ)

城の食堂も不味くはないが、メニューが何年たっても変わらない。もう全てのメニューを食べつくし、何十周もしている。つまりは城の食事に飽きていた。だから新しい店を探して日々城の近くを歩き回っている。

この店から漂ってくる未知の匂いはヘンリーを惹きつけた。

勇気を出してドアを開けると、チリリンとドアベルが鳴り、「いらっしゃいませ」と若い女性が出迎えてくれた。

メニューを渡され、見慣れない料理名と説明書きを読んでいると、頼んでいない水が運ばれてきた。

「これは?」

「ただのお水です。うちの井戸水、とても美味しいので」

(無料ってことだろうか。井戸水に金はかからないだろうが、グラスを洗う手間はかかる。お茶や果実水を頼もうとしていた客は水を飲んで注文をやめるかもしれない。店にとって得がないじゃないか。しかもこのグラスは透明で薄手の高級品だ。落として割られでもしたら、料理の代金を貰ってても赤字だろうに)

そう思いながらメニューを読み、「甘口トマト味の麺」という料理を頼んだ。見慣れないメニューだが、トマトを使っている料理ならハズレがないだろうと判断した。ヘンリーはこの国で豊かに実るトマトが好きだ。

(裕福な平民の娘が道楽で開いている店なのだろうか。たまにそんな店があるらしいが)

料理を待っていたら「これはランチセットのサラダとスープです」と言って小さな器に入ったサラダと澄んだスープのカップを先に出された。飲んでみたら、スープには深い滋味が隠れている。

(これも無料？　この女性は料理は上手だが、商売は素人だ。原価計算はしているのかな)

そう思ったが余計なことは言わない性格だ。黙って小鉢のサラダを食べ、スープを飲んだ。サラダの温野菜は新鮮で歯ごたえがよく、かかっているドレッシングが食欲をそそる。

「甘口トマト味の麺です」

出てきた料理は初めて見るものだったが、いい匂いで見た目も美味しそうだ。フォークで麺をすくって口に入れ、思わず動きが止まった。甘みと酸味のバランスがいいトマトのソース。贅沢に使われているベーコン。繊細に切り揃えられているピーマン。どれかひとつが欠けてもこの味にはならないと思った。

上にかかっている粉状のものはチーズだった。玉ねぎは柔らかすぎず硬すぎない。全てが最高の火加減で仕上げられている。何よりも麺が素晴らしい。小麦粉の香りと美味しさ、弾力のある歯ごたえ。

「どれも旨い……」

小さく声に出してから店主の女性を見ると、目が合ってにっこり微笑まれた。感動しているところを見られたのは少々恥ずかしい。自分が普段表情に乏しく、「顔はいいのに何を考えているかわからない。無表情すぎてちょっと怖い」と陰で言われていることは知っている。耳もいいのだ。

(店が空いていて静かなのはありがたい。昼食の時間をずらして来て正解だった)

さっき見たメニューをもう一度手に取って眺めると、下の方に「日替わり」があった。

(日替わりがあるならこれも食べてみなければ)

ヘンリーの食い意地が俄然顔を出した。

「失礼、この『日替わり』にはどんなメニューがあるのですか?」

「日替わりのメニューを数量限定で提供しています。メニューは私の気まぐれで決まります。今日の日替わりはカツサンドでした。もう売り切れましたが、衣をつけてカリカリに揚げた豚肉に、ソースを塗って白パンで挟んだものです。それにも小さなサラダとスープがついています」

(それも美味しそうじゃないか!)

「そのカツサンドは、いつかまた日替わりに出るのでしょうか」

「はい。ご希望でしたら、カツサンドの材料が揃っているときにお声がけしましょうか?」

「いいえ、結構。他にも気になるメニューがあるので」

「承知しました。お好きなものをお好きなときにお召し上がりください」

(店主は優しくて愛想がいい。店は驚くほど清潔。旨くて静かで清潔で愛想がいい。最高の店を見つけてしまった。母さんはこんな美味しい料理を食べたことがあるのかな)

まだ数回しか会ったことがない母。

生まれてすぐに養子に出された身なので、実母にはなかなか会えない。そもそもヘンリーは実母の居場所を知らされておらず、養父母はヘンリーがたまに実母に会っていることを知らない。

実母を捜し出したのは三年前だ。人を雇って見つけてもらった。見つかるまで、二年かかった。

会ってみれば母は自分にそっくりな顔立ちで、かなりの事情を持つ人だった。その母は実父のことを頑として教えてくれない。せめてどういう経緯で自分が生まれたのかだけでも、と頼んで聞き出した話もぼんやりした内容だ。

「私は昔、洗濯係として働いていたときにあなたの父親に見初められたのよ。その人は仕事の合間に散歩をしていて私とバッタリ出会ったんだけど、ひと目で私を気に入ったらしいわ。私は事情持ちの身の上だから、身ごもったときによくぞ始末されなかったものだわ。あなたの父親はそんな人じゃないけれど、周りの人たちが、ね」

母は妊娠に気づいたとき、すぐに父に事実を告げたそうだ。その上で「迷惑をかけたくないから、もうあなたとは会わない。あなたとのことは誰にも言わないし、私はここの仕事を辞める。私のことは忘れてください」と伝えた。

だが父は母が一人で子を育てることを案じて、養子の提案をした。

母は生まれてくる子が貧乏人の子として食うや食わずの生活をするより、裕福な両親に育てられたほうが幸せだろうと納得してヘンリーを養子に出したという。

父親が頼んだのはハウラー子爵で、ハウラー子爵家には子がいなかった。養子を取ろうかという話が持ち上がっているのを、実父は知っていたのだ。ハウラー子爵夫妻は善良な人間だが、事情のある赤子を養子にする以上はそれなりの見返りがあったはずだ。

だが養父母はヘンリーを可愛がってくれた。そこに見返り云々の損得勘定は感じられなかった。そんな人間を養子先に選んだヘンリーの実父は、人柄を見抜く力があったわけだ。父はとても優秀な人だ、と母は言っていた。

父親譲りの頭脳明晰さと母親譲りの美しい外見という、「いいとこ取り」で生まれたヘンリーは、優秀な頭脳を武器に二十五歳の若さで筆頭文官にまで出世した。常に冷静沈着を心がけて敵を作らないようにしている。用心のおかげか、今のところヘンリーの出自に関する秘密は知られていない。

(生まれたときから大きな秘密を背負わされ、それを隠しおおせている。幸運なのか不運なのか、わからないな)

ヘンリーはいつになく感傷的に過去を振り返っている自分に気づいて苦笑した。

初めて『隠れ家』を訪れた日のことを懐かしく思い出しながら城に戻った。大部屋にある自分の席に着くと、すぐに部下が書類を手に近寄ってきた。

「ヘンリーさん、例の件で会議にヘンリーさんも出席するようにと、先ほど連絡がありました。もう少ししたら始まります」

「例の件の会議に？　一介の文官を参加させて、何を言わせたいのだろうね」

「ヘンリーさんの頭脳を頼りにしているのでは？」

「魔法使いの考えることは魔法使いにしかわからないのに。場所は？　第一会議室か。では行ってくるよ」

無理難題を言われてもいいように資料を読み直したいが、その時間はない。

「例の件」とは筆頭魔法使いのジュゼル・リーズリーが開発途中の魔導具と一緒に姿を消した件だ。魔法部のリーダーが行方不明なのも事件だが、国家予算をつぎ込んで作っていた魔導具が消えたことは大事件だ。呆れたことに、魔導具の設計図はジュゼル・リーズリーの頭の中にしかないという。

(なんで紙に記録しておかないんだろう。魔法使いたちはそのあたりがだらしない。結果的に魔法が使えればいいと思っているのだろうが、国の資金を与えられていることを自覚してほしいものだ)

ヘンリーは平穏が好きだ。昨日と同じ穏やかな今日が来ることを望んでいるし、予定通りに生活したい。自分に関してはこんな事件は絶対に避けたいと思う。

第一会議室に到着し、ドアをノックした。

「ヘンリー・ハウラー、入ります」

会議室には国王を含めたお偉いさんたちが集まっていた。

重鎮たちが集められた会議ではあったが、ヘンリーの他にもう一人若手が参加していた。魔法使いのキリアスだ。そのキリアスが会議の冒頭で報告した。

「ジュゼル・リーズリー氏の行方はいまだに判明していません。行方不明になってからすでに五ヶ月。彼の発見は期待できません。生きているかどうかも……」

会議室の雰囲気がグンと重たくなった。ヘンリーは（なぜ文官の自分が呼ばれたんだ？）と思いながら聞いている。軍務大臣がキリアスに質問した。

「ジュゼル・リーズリーは瞬間移動を研究していたのだろう？　ヤツがどこに行きたがっていたか、知らないのかね？」

「リーズリー氏は秘密主義の人でしたから、何も知りません」

「何も？　まったく。魔法使いは魔法以外のことには小指の先ほども役に立たないな」

軍務大臣は魔法使い全体を見下す気持ちを隠そうともしない。キリアスは気色ばむこともなく肩をすくめた。キリアスは自分が魔法以外に興味がないことを自覚している。

その後もこれといった打開策がないまま、リーズリーを批判する意見が続いていた。そこまで黙って聞いていた国王がヘンリーを見た。

「ヘンリー、筆頭文官としての意見は？　本音を聞きたい」

国王の指名にヘンリーは少し緊張する。

「損か得かの視点で意見を述べます。瞬間移動魔法はリーズリー氏しか使えないもので、ゆくゆくはリーズリー氏の指導でその魔導具を使える魔法使いを増やす予定でした。しかし開発中の魔導具と指導役が消えたのです。これ以上の時間と人手を捜索に使うのは損失が大きくなるだけだと思います」

「それもそうだな……。あやつは天涯孤独の身の上で、連座制を用いたくても罰する身内がいない。相当数を探索に動員してもう五ヶ月。そろそろ諦めるべきか……」

そこで軍務大臣が声を上げた。

「しかしながら陛下、誰にも罰を与えずにこの件を終わらせれば、国の資金を使っておきながら完成間近に姿を消す魔法使いが、今後も続くかもしれませぬ」

「ちょっと待ってくださいよ。さすがにそれは我々魔法使い全員を侮辱する発言です」

「魔法使いは魔法のことで頭がいっぱいだからな。あり得る話だ」

(ああ、時間の無駄だなあ。仕事が山積みなのに)

ヘンリーは冷めた目で軍務大臣とキリアスを眺める。軍務大臣がその視線に気づいた。

「何か言いたいことがあるのならはっきり言いたまえ、ハウラー筆頭文官」

「ではこうしたらいかがでしょう。魔法部に相応の責任を取ってもらうことで、この件は幕引きとしませんか」

キリアスがぎょっとする。

「魔法部が責任を取るのですか？　リーズリー氏が魔法部長だったとき、魔法使い全員がその下にいたんですよ？　どこの世界に上司の責任を部下に取らせる職場があるんですか！　普通は逆ですよ」

「それはそうですが、責任の所在をはっきりさせなければ話はいつまでも決着がつきません。どうでしょう、魔法部の予算を一年間三割減。これで手を打ちませんか」

「三割も？　絶対に嫌です。仲間たちになんて報告すればいいんですか。リーズリー氏のせいで僕たちの予算が削られましたと言えとでも？」

「その通りです」

「そんなっ！」

ヘンリーは早くこの会議を終わらせたかった。経理の総責任者は財務大臣だが、ヘンリーはその舵取りをしている。帳簿上は魔法部への予算を減らし、その上で魔法使いたちに新規の仕事を与え、対価を払い、差し引きゼロにすればいいだろう。ヘンリーにとってそのくらいのことは朝飯前だ。

「キリアス君、詳しいことは後ほど話し合いましょうか」

「僕は丸め込まれませんよ！」

「ええ、わかっていますとも」

宰相は国王がうなずくのを確認して会議を締めくくった。

「では魔法部の予算を三割減らす。これでジュゼルの件は終わりとする」

軍務大臣もこれ以上のいい考えはなかったらしく、ムスッとしながらも納得して立ち上がった。

納得していないのはキリアスだ。会議室を出るなりヘンリーに食ってかかった。

「ヘンリーさん、酷いですよ。なんで真面目に働いている僕らの予算が減らされるんですか。今だって予算が全然足りないのに！」

「落ち着いてください。ちゃんといい方法を考えてあります。キリアス君は美味しいものに興味はありますか？　美味しい食事をご馳走しましょう。食べながら打開策を説明します」

「まあ、陛下が了承なさった以上、もう諦めるしかないんだけどさ。それで、美味しいものってなんですか？　城の食堂なら遠慮します。あんな食べ飽きた料理で丸め込まれたくない」

「お城の料理じゃありませんよ。美味しくて珍しい料理です。明日行きましょうか。削った分の予算をどうやって取り戻すか、詳しく説明します」

予算が戻ると聞いて、キリアスの目が輝いた。

「もう、そういうことなら早く言ってくださいよ。ヘンリーさんならきっと僕たちの味方になってくれると思ってましたよ」

「相変わらず調子がいいですね。取り上げた予算をすぐに戻してあげるなんて、あの場で言うわけにはいかないでしょ？　明日の午後二時でいいですか。そう遠くはない店です。食べたらその美味しさにきっと驚きます」

「わかった。明日の午後二時だね？　楽しみ！　ヘンリーさんの部屋に行くね！」

こうしてヘンリーは『隠れ家』にキリアスを連れていく約束をした。本当はあの店に知り合いを連れていきたくはなかったが、あの店以上に美味しい店を知らない。これはヘンリーの精一杯のもてなしだ。

これからキリアスは仲間に予算を減らされることを告げ、不満をぶつけられるだろう。他の仕事をして予算の減額を補うにしても、魔法使いたちの仕事は大幅に増える。本来の研究ができなくなることに不満が出るだろう。

（何をどうやっても不満は出る。それをどう納得させるかだ）

文官たちが仕事をしている大部屋に戻り、ヘンリーがため息をつくと、同期の文官ギルシュが近寄ってきた。

「ため息なんかついてどうした。会議の内容が芳しくなかったのかい？」

「いや、そうでもない。例の失踪事件は幕引きになった」

「よかったじゃないか。開発に費やした大金が無駄になったけど、いつまでもあれに関わっている余裕は誰にもないからね。みんな忙しいんだ」

「まあな」

「お疲れ様。今夜、一杯飲みに行こうじゃないか。総勢八人で飲みに行くことになっているんだ。たまには付き合えよ」

「ああ、そうしようか」

ヘンリーはあまり酒を飲まない。飲めないわけではないが、酒で気が緩んで失敗するリスクを避けている。用心して生きることが身に沁み込んでいた。だが全く酒席に参加しないのも目立つから、「酒に弱い」と言い訳をしてたまに参加するだけにしている。

こうしてヘンリーは久しぶりに仲間と飲みに行くのだが、酒場で思いがけない人に会う。

閉店後の店で、私は魔法を使っている。一ヶ月ほど前から、魔法で米油(こめあぶら)を生み出せるようになった。原料は米糠(こめぬか)だ。

お米は王都よりもっと南の地区で栽培されているらしい。王都まで運ばれてから精米され、その際に出る米糠は肥料として売られている。

木箱にたっぷり入った米糠に向かって変換魔法を放つ。かつて使っていた米油をイメージすると、少しして瓶の中に米油が生まれる。ガラス瓶の中に透明な油がみるみるうちに増えていく様子は、何回見ても魔法みたいと思う。本当に魔法だけども。

米糠には私が予想していたよりもずっと多くの油が含まれていた。最初に油を取り出したとき、すごい勢いで瓶からあふれたものだ。「もったいないっ！」って思わず叫んだっけ。

後日、油を取り出す前と後に米糠の重さを天秤(てんびん)で量ったら、なんと米糠の二割は油だった。そりゃ肥料になるはずだ。

米油を使って揚げたものは軽く、お客さんたちに人気だ。ドレッシングもマリネも炒め物も、好みの風味になった。

「さて、出かけますか」

最近は夜に出歩くことが増えた。いや、正直に言うと毎晩出かけている。

王都に住み始めた最初の頃こそ「夜は危険」と用心して家の中に引きこもっていた。

だけど全く音がしない家に一人でいると、この世界で自分がひとりぼっちの異分子であることを思い知らされる。

メッセージのやり取りをする相手も、お茶をしながらおしゃべりする相手もいない。お客さんと会話をするけれど、それは私が求めている会話とは違う。テレビやラジオがやたら恋しくて心が折れかけて、自分で「これはまずい」と慌てた。この世界で心を病んだら、縋るところがない。

そのうち、自分が人恋しいことに遅ればせながら気がついた。酒場通いが始まったのはそれからだ。

（夜道で襲われたら水魔法でぶっ飛ばしてやる。それでだめなら火魔法だ）と覚悟を決めて出かけたら、夜遊びは本当に楽しかった。それ以降は毎晩出かけている。

ぱっと見で女とわからないよう、コートのフードを目深に被って出かける。最初のお出かけの時、女性一人でも安全そうな店を探した。女性の店主が仕切っていて、ランプがたくさん吊るされている明るい店を見つけた。店名は『酒場ロミ』。今ではすっかり常連だ。店名のロミは女性オーナーの名前だ。

ロミに向かっていると、あちこちから猫が現れた。王都の猫たちは自由に家の中と外を行き来している。その猫たちが『なにかくれる？』という顔で私を見上げる。この子たちは最初に会ったときからこうだった。私の体に食べ物の匂いが染みついているのだろうか。

「いいものがあるよ。ほんのちょっぴりずつよ」

ポケットから大きな葉っぱで包んだ鶏胸肉を取り出すと、近くで様子見していた猫たちもわらわらと姿を現す。肉を少しずつ裂いて差し出すと、猫たちは私の指を噛まないように、しかし実に素早く胸肉を咥えて下がり、その場でハグハグと食べる。

胸肉はすぐになくなる。未練がましく私の手を舐める猫もいて、たっぷりと癒される。「バイバイ、また明日ね」と声をかけて立ち上がり、再び店に向かう。

店に入ると、店主のロミさんが笑顔で近寄ってきた。

「マイさん、今夜は何にする？」

「麦の蒸留酒を。それから干し肉と、青豆の塩ゆでがあればそれで」

「はいはい。ちょっと待ってね」

ここに来ると人恋しさがいっとき治まる。

たまに酔客が声をかけてくるけれど、ロミさんは私が出会いを望んでいないことを知っているから「この人はお酒を楽しみに来ているのよ」と穏やかに伝えて私を守ってくれる。

お代わりしながらのんびり蒸留酒を飲んでいたら、ガヤガヤと賑やかな男性のグループが入ってきた。

(潮時ね。もう帰ろう)と立ち上がったところで、後ろから声をかけられた。

「マイさん？」

私を知っている？　と驚いて振り返るとヘンリーさんだった。

いつもは文官の制服とマント姿なのに、今は白いシンプルなシャツとグレーのジャケット、黒いズボン。普段はきっちり撫でつけている髪も少し乱れている。制服の時よりも若者らしい雰囲気だ。

「マイさん、もしかして一人ですか？」

「ええ。いつも一人で来ています。ここはお気に入りのお店なの」

「そうですか……」

そこでヘンリーさんが首を傾げた。私の前に置いてある干し肉と青豆を見ながら真面目な顔で私にささやいた。

「ここは、マイさんが通うほどつまみが美味しいのでしょうか？」

「どうでしょう。他のお店を知らないからわかりません。でも私はここのおつまみを気に入っていますよ」

「そうですか」

ヘンリーさんが真顔で返事をしたところでお仲間に呼ばれた。「お邪魔しました」と仲間のところへ戻っていく。私は代金をカウンターに置いて店を出た。

歩きだして少しすると、背後から走ってくる足音。

（あれ？　悪いヤツに目をつけられたかな？）と振り返ると、連なる店の明かりに照らされて駆けてくるのはヘンリーさんだった。走り方がとても美しい。しなやかで無駄のない、実に優美なフォームだ。

私の前まで走ってきても、呼吸が全く乱れていない。へえ、すごいね。

「どうしたんですか？」

「隠れ家まで送ります」

「いえいえ。一人で大丈夫ですよ。お仲間と一緒に飲んでいてくださいな」

「いいえ、ダメです。夜に女性一人は危ない」

心配して走ってきてくれたのに断るのも角が立つか。

「ありがとうございます。ではお言葉に甘えさせてください」

ヘンリーさんが「そうしてください」と言ってからは、しばらく二人とも無言で歩いた。私は軽く酔ってご機嫌だったから無言でも気にならないが、まだ飲んでいないヘンリーさんは気まずかったらしい。ヘンリーさんのほうから話しかけてきた。

「あの店にいつも行くのですか？」

「行きますね。週に何回も通っています」

「何回も……」

「はい」

本当は週に七回通っているけど、さすがに恥ずかしくてちょっと嘘(うそ)をついた。そこから再び沈黙の時間。ヘンリーさんはなにやら考え込んでからまた話しかけてきた。

「マイさんはお酒が大好きなのですか？」

「飲まなくても平気ですが、夜に家で一人きりでいるのが少し苦手なんです。短い時間でいいから人の気配に浸(ひた)りたくて」

視線を感じてヘンリーさんを見上げると、もの問いたげな目が私を見下ろしていた。

「マイさんに何かあったらご家族が心配するのでは？」

「私は一人暮らしですし、両親は私が子供の頃に亡くなりました。以前はオーブ村の農家に居候していたんです。でも、そこのご夫婦が引っ越すことになったので、王都に出てきました」

私、酔っているわ。余計なことまでしゃべってる。

「そうでしたか。立ち入ったことを聞いてしまって、申し訳ありません。私の予想とは全然違っていて驚きました。てっきり王都生まれで裕福な家のお嬢さんだとばかり……」

裕福な家のお嬢さん？　どこでそう思った？　女の一人暮らしで裕福と思われたら危険だから、『隠れ家』はあえて簡素な設えにした。私は清潔だが質素な身なりを心がけている。でも酔っている今は、それを質問したら墓穴を掘りそうな気がする。

また無言で歩く。

ふと、猫が出てこないことに気がついた。いつもは帰り道にも必ず何匹かは甘えに来るのに。珍しいことだったので辺りを見回しながら歩いた。

「どうしてキョロキョロしているんですか？」

「猫が出てこないんですよ。帰りはいつもこの辺りで猫が寄ってくるのに。今夜は集会でも開いているのかしら」

「猫が好きなんですか？」

「大大大好きです！　猫と暮らしたいとしょっちゅう思います。でも、踏み切れません。猫と暮らしたら絶対にのめり込んでしまうから、死なれたりいなくなられたりしたときに耐えられないだろうなと思ってしまって」

「そうですか」

相変わらずヘンリーさんは無表情だが、今までで一番たくさんしゃべった。ヘンリーさんも猫が好きなのかな。好きだといいな。猫談義をする相手が欲しい。

前方に『隠れ家』が見えてきた。

「ヘンリーさん、お仲間が待っているでしょうから、もうここで」

「ここまで送ったのですから、ドアを開けて家に入るまで見届けさせてください」

「……はい」

この人は案外、心配性で世話焼きさんだ。私はドアの前で足を止めた。

「おやすみなさい、ヘンリーさん。送ってくださってありがとうございました」

「おやすみなさい。忘れずに鍵をかけてくださいね」

背の高いシルエットを見送り、雲のシャワーを浴びてから暖炉の前に座った。店の暖炉に火魔法を放つと、ボッと音がして乾いた薪（まき）が燃え上がる。続けて指先から弱い風を送る。パチパチと火花を散らして炎が大きくなった。

帰り道は猫たちに会えなかったけれど、ヘンリーさんとおしゃべりできたのは楽しかった。

「酔い覚ましにジンジャーエールを飲もうかな」

ワインの空き瓶に魔法で冷水を入れてテーブルに置き、蜂蜜とショウガがあるのを確認して変換魔法を放つ。二酸化炭素は空中のものを使えばいい。

「ジンジャーエール」

ワインの空き瓶の中の水は、変換魔法でジンジャーエールになった。たくさんの小さな泡が瓶の中で生まれている。蜂蜜とショウガは使った分だけ減っているはずだ。

最近は瓶からあふれさせることなく、瓶の容量ぴったりに生み出せる。私、魔法のセンスがあるんじゃないかしら。

冷たいジンジャーエールはすっきりと甘く、炭酸が喉を刺激しながら滑り降りていく。

私は今日も元気に生きている。まさかの魔法使いになった。少しずつこの世界の知り合いも増えている。お客さんには毎日「美味しかったよ」と喜んでもらっている。それで十分幸せなはず。

なのに、この世界の夜が静かすぎて途方に暮れるよ。

しばらく暖炉の火を眺めてから寝室に上がった。魔法使いになっても、一人ぼっちの夜は寂しい。

寒い夜は余計に人恋しくなるから、この世界で初めて迎える冬が厳しくないといいなと思う。

第二章　キリアス君の魔法

ヘンリーさんが若い男の子と二人でご来店。これは初めてのこと。

私は（昨夜はお世話になりました）という気持ちを込めてヘンリーさんに会釈した。

「今日は知り合いを連れてきました」

「ようこそ隠れ家へ。お好きな席にどうぞ」

男の子に笑顔で挨拶をした。男の子は「どうも」とだけ言って店の中を見回している。

ウェーブのある金色の髪を長く伸ばし、紐(ひも)でひとつに縛っている。瞳は青く、中性的なきれいな顔立ち。年齢がよくわからない。一見可愛い十代の少年に見えるけど、どこか大人びている。

二人はテーブル席に座った。私が水を運ぼうと厨房に戻ると、男の子の声が聞こえた。

「ここ、本当に美味しいんですか？　店主が小娘じゃないですか」

「キリアス君、失礼な物言いはやめてください。それと声を小さくしましょうか。ここの料理は本当に美味しいですよ」

「ヘンリーさんは週に何回来ているの？」

毎日来ていますよと思いながら聞いていると、ヘンリーさんが若干恥ずかしそうな顔になって声を小さくした。

「私は週に六回通っています。できれば夕食もここで食べたいのですが、仕事が遅れるから我慢して昼だけにしています」

「へえ。そうなんだ？　毎日ってこと？　すごいお気に入りなんだね！」

男の子の声が大きくて丸聞こえだ。ヘンリーさんがチラリとこちらを見たから、にっこりしておく。普段は無表情なヘンリーさんが顔を赤くした。毎日通っているのが恥ずかしくなる気持ち、わかりますよ！

「キリアス君、ここのカツ煮ランチは美味しいよ。日替わりもある」

「ヘンリーさんのお薦めがカツ煮ランチなの？　ふうん。じゃあ僕はそれで」

「マイさん、日替わりとカツ煮ランチをお願いします」

「かしこまりました」

水を入れたコップを二つテーブルに置いて厨房に戻る。そんな私をキリアス君がずっと目で追っている。

　キリアス君よ。君は「他人をジロジロ見るのは失礼ですよ」と親に教わらなかったのかね。それに、君が雑に脱いだコートを、ヘンリーさんがきちんとたたんでくれているよ。

　キリアス君は私が調理を始めると、やっと視線を外してくれた。ヘンリーさんが小声でキリアス君に何かを話している。途中でキリアス君が大きな声で遮（さえぎ）った。

「やっぱりその条件はおかしいよ。減らされた三割分を取り戻したかったら、僕らはポーションを大量に作って納めなきゃならないし、公共工事の手伝いもしなきゃならない。もしかしたら増やされる仕事は他にもあるんじゃないの？　そんなに働いていたら、魔法の研究ができないよ！　そもそもそれ、予算を取り戻すんじゃなくて働いた対価を貰（もら）うだけだし！」

「キリアス君、この件に関しては全員が満足する正解などないのですよ」

　聞き分けの悪い子供に言い聞かせるような口調だ。頑張れ、ヘンリーさん。

「国は大金を無駄にしたし、軍はあの人を捜すのに延べ人数で万を超える人を出しました。私たち文官だって、本来の業務の他にやたら時間を取られています。誰かが責任を負わなきゃならないんです。君たち魔法部の人間がこの事件を引き起こしたのですから、部下であろうと君たちも何かしらの責任は取らなきゃならないんです」

「かーっ！　相変わらずの優等生！　さすがは筆頭文官サマ！」

　へえ、ヘンリーさんて筆頭文官なんだ？　確かに優秀そうだものね。

私は聞こえていないふりをしながらカツ煮ランチと日替わりのカツサンドを作っている。

すでに炊いてあるご飯を温めるのに、最近は魔法を使っていた。だが今は蒸し器で温め直している。キリアス君は魔法使いらしいから、見えない場所でも私の魔法に感づかれるかもしれない。

魔法を使えることをキリアス君にもヘンリーさんにも知られたくない。知られていいことはない気がする。

カツを油に入れてジュワワという音がすると、二人の会話が止まった。キリアス君がやってきて、カウンター越しに私の手元を覗き込んだ。

「へえ。揚げ物？　いい匂いだな。それ、豚の脂じゃないよね？　匂いが違う。何の油を使っているの？」

「商売上の秘密です」

「ふうん」

使っているのは米油で、私が知る限り王都では出回っていない。今使っている米油を魔法で取り出したのは一ヶ月以上前。昨夜取り出したのを使わなくてよかった。でも、一ヶ月前のものでも魔法を使ったかどうかがわかるのかな。少し心配になったところでヘンリーさんがちょっと険しい声を出した。

「キリアス君、マイさんの仕事の邪魔になります。こっちに戻ってください」

キリアス君が戻っていった。

カツにはマスタードと中濃ソースを塗り、葉野菜を挟んでから三等分して皿に盛り付けた。マスタードと中濃ソースも店を始めた頃に変換魔法で自作したものだ。

カツ煮ランチ用のご飯がアツアツに蒸し上がったので深皿に盛り付ける。同時進行で煮ていた玉ねぎ入りのつゆにアツアツのカツを入れ、とき卵を回しかけて蓋(ふた)をした。この国の人たちは半熟の卵を嫌うから、きっちり火を通してから白米の上にのせた。

カツ煮ランチには小鉢で温野菜を添え、カツサンドにはポテトサラダと温野菜を少しずつ皿に添える。どちらにもコンソメスープをつけてトレイに載せ、カウンターに置いた。

「運びます」

「あら、ありがとうございます」

カウンターに料理を置くと同時にヘンリーさんが来て料理を運んでくれた。無表情だけど気が利く優しい人だ。

二人が食事を始め、キリアス君がスプーンでカツ煮とご飯を一緒に口に運ぶ。鍋を洗いながらさりげなく見ていると、ひと口食べてから目を丸くしてヘンリーさんを見ている。

美味しいでしょう？　みんな初めて食べたときに驚くんですよ。

ヘンリーさんもカツサンドを食べ始めた。こちらはもう何度目かのカツサンドだから落ち着いて食べ進めている。

「カツ煮ランチ、美味しいでしょう？」

「すごく美味しいよ！」

「よかった。あのね、キリアス君は声が大きいと自覚したほうがいい」

キリアス君は「そう？　僕の声、大きい？」と自覚がない様子。そして私の方を見た。

「お嬢さん、これ、すごく美味しいよ！　最高！　肉は豚肉だよね？　こんなに美味しい豚肉料理、初めて食べるよ！」

「ありがとうございます」

喜んでもらえてよかった。それにしても私を小娘とかお嬢さんとか。君は何歳なのかね。

「ヘンリーさん、その白いのは何？　ポテトサラダ？　食べてみたい。ひと口ちょうだい。味見したい。わっ、なにこれ美味しい！　残りも全部ちょうだい。ダメなの？　なんで？　えええ。案外ケチだね」

二人が食べ終わったのを見計らってお茶を出した。キリアス君には熱いお茶。ヘンリーさんには飲み頃の温度のお茶。

二人はまた仕事の話を始めて、キリアス君が不満を言ってヘンリーさんが宥めて諭すを繰り返している。どうやらヘンリーさんは若手と上司の間に挟まって苦労する中間管理職的な立場みたい。

話を聞いていて驚いたのは、少年みたいなキリアス君がお城にいる魔法使いのリーダーだったこと。天才なのか？

「キリアス君、そろそろ城に戻りましょう」

「もう？　僕、デザートを食べたい。この『リンゴのクリームパイ』を食べたいよ。今まで肉のパイしか食べたことがないもの。ヘンリーさんは先に帰っていいよ。僕は残ってリンゴのパイを食べてから帰る」

「ダメです。魔法部が時間に厳しくないのはわかっていますが、もう戻って仕事をしましょう」

「あの」

思わず声をかけた。

「リンゴのパイ、お持ち帰りができますので、お城に帰ってから食べることもできますよ？」

「そうなの？　じゃあ、あるだけ全部ください。仲間にも食べさせたい」

「七切れありますが、全部でも大丈夫でしょうか？」

「うん、お願い。支払いはヘンリーさんだし」

いいんですか？　と思いながらヘンリーさんを見ると、苦笑しながらうなずいている。余計なことを言ってしまって申し訳ない。

浅い木箱に清潔な布を敷き、リンゴのパイを並べてキリアス君に見せた。

「布で包みますね」

「ううん、そのままでいい。ちょっと貸して」

キリアス君は私から木箱を受け取ると、小声で何かを唱えながらパイの上で手を横に滑らせた。

何も変わらないように見えるが、「触ってごらん」と言われて指先で触ると、リンゴのパイの少し上で指が遮られる。なにこれ。

「結界を張ったからこれで安心」

自慢げなキリアス君。ちょっと呆(あき)れた顔のヘンリーさんが「能力の無駄遣いですね」とつぶやいた。

二人を見送ってから椅子に座った。目の前で見た『結界』という魔法に感動している。あれ、使いようによってはラップの代わりになるんじゃない？　現代日本から来た私ならいくらでも他の用途を思いつく。いいなあ、結界魔法。よし、私もやってみよう。

おばあちゃんの知識の中から結界魔法を探し出して練習だ。俄然(がぜん)やる気が出た。

キリアス君はその後、頻繁に通ってくれている。たいてい魔法使いのお仲間と一緒だ。十一時に来て十二時過ぎに帰っていくから、午後二時に来店するヘンリーさんと顔を合わせることはない。

キリアス君はリンゴのパイをよほど気に入ったらしい。週に何度も来店してくれるが、毎回食後にリンゴのパイを食べて帰る。毎度毎度リンゴのパイで飽きないかと心配になった。

「次は違う具のパイをご用意しましょうか？　栗(くり)のパイはいかがでしょう」

「いいね。栗も好きだよ。じゃ、次はそれがいい」

キリアス君は仲間を引き連れてご機嫌で帰った。一緒に来店する魔法使い集団の中で、キリアス君はどう見ても最年少だ。それでもリーダーなのは、それだけ魔法の腕がすごいってことかな。

その日は食材を使い切ったから夕方には店じまいして栗を買ってきた。

栗のパイは一人分ずつの形にしよう。ついでに自分用に渋皮煮も作ろう。おばあちゃんが毎年作ってくれた贅沢(ぜいたく)なおやつ。

「栗は美味しいけど手間がかかるよねえ」と私が言うと、おばあちゃんは必ず「誰かのために手間をかける幸せってものがあるんだよ」と言っていた。

会えなくなってから、こういう何気ない言葉のやり取りをやたらに思い出すよ。

ゆでた栗を半分に切ってスプーンで取り出し、マッシャーで潰す。生クリームと牛乳と砂糖を入れてよく混ぜる。これだけでも十分美味しいけど、売り物にするには裏ごしが必須だ。裏ごしは根気と腕力。

滑らかになったマロンクリームとカスタードクリームを二層にしてパイ生地で包んで焼き上げた。

調理器具は買ってきた鉄鍋に変換魔法をかけ、マッシャーや焼き菓子の型にしている。使い慣れた形のフライパン、炊飯用の鉄釜ももとは鉄鍋だ。鉄だから錆を防ぐための手間はかかるけど、使い慣れた器具があるのは心強い。

パイを焼いている最中に鉄鍋を買いに行ったときのことを思い出した。

私、そのお店で「鉄鍋」って呼ばれていた。

「今日も鉄鍋来たよ」「鉄鍋また来たの?」「鉄鍋は何している人かね?」っていうヒソヒソ声、聞こえちゃったのよね。

コンビニで毎日同じものを買っていると、店員さんに陰でその商品名で呼ばれるって話を聞いたことがある。その話は本当だったよ。

ランチに来てくれたヘンリーさんにキリアス君とパイの話をしたら、驚いた顔をされた。私は最近、ヘンリーさんの表情をだいぶ判読できるようになった。今微妙に目を見開いたのは、たぶん「びっくり」って意味だ。

「キリアス君、ここに通っているんですか？」

「ええ。気に入っていただけたようです」

「栗のパイ、今ありますか？　あるなら食べたいです。それと、あるだけ全部お土産で買っていきます」

ヘンリーさんは日替わりの『牛肉煮込み野菜あんかけ』を食べ終わったところだけど、栗のパイも「これは旨い」と唸りながら食べている。

「キリアス君は迷惑をかけていませんか？」

「迷惑なんて全く」

ヘンリーさんの口調から、キリアス君がここに来るのをあまり望んでいないように感じた。キリアス君は子供っぽくてマイペースだけど、営業の妨げになるようなことはしないのに。そもそも最初はヘンリーさんが連れてきたのに。どういうことだろう。

木箱を抱えて帰るヘンリーさんを見送ってから、結界魔法の練習を始めた。あれからずっと練習している。悔しいことに、私が張ると穴だらけになる。

練習を始めてから知ったけど、結界は張った当人にはキラキラした透明の膜が見える。

穴だらけの結界を繰り返し張っていると、少しずつ上達して穴が減ってくるのが何とも楽しい。

「やった！　できた！」

ついにキリアス君と同じような結界を張ることができた。

キラキラ光る膜を指で押すと、少しの弾力とかなりの強度がある。どんなに指に力を入れても破れない。原材料なしでゴミも出ないラップを生み出したことに感動する。

ん？　違う違う。ラップじゃなかった。結界だったよ。

それにしても、木箱に結界を張ろうと思いつくキリアス君は、やっぱり天才だわ。

回数を重ねるごとに手早く結界を張れるようになっていく。それも楽しい。そのうち全く失敗しなくなったので、段階を踏んで範囲を広げる練習をした。

皿の上からテーブルの上全体へ。テーブルの上から店内の半分へ。店内の半分から店内全体へ。

毎日、魔法の練習で心地よい疲労感と達成感に満たされる。消すのは簡単。「消えろ」と心で念じるだけ。

キリアス君は呪文を唱えていたけど、おばあちゃんの記憶の中には結界魔法の呪文が見つからない。張り方のイメージのみ。だから私は呪文なしで張っている。

「結界の強度はどのくらいなのかな」

試しにテーブルの上にドーム状に結界を張り、ナイフで刺してみた。切れ味のいいナイフが跳ね返される。弾力のある手応えだけれど伸縮性が高いわけではなく、ナイフはテーブルに届かない。

「ほうほう」

これ、防犯用品に使ったら最強なのでは？　自分の体に結界を張ったら、強盗にナイフで襲われても余裕じゃない？　防弾ベストみたいに着膨れしないし。

「ステルス防犯ウエア爆誕では？」

一人でニヤニヤして、また思った。通気性はどうだろう。

テーブルにお皿を置き、火のついた薪を持ってきた。薪に少量の水をかけて火を消し、煙が出たところで薪を皿に置いた。素早くテーブルにドーム状の結界を張る。

「あらぁ」

結界の中に煙が充満し、漏れてくる気配がない。ドームの中は煙で真っ白だ。自分に結界を張ったら襲われる前に酸欠で死ぬね。

しばらく考えて、結界を張るときのイメージを変更した。

さっきと同じように煙が出ている薪を置き、ドームの天井に煙突がついている形をイメージしてテーブルに結界を張った。煙は煙突からモクモクと出てくる。

「オーケーオーケー。完璧」

この方式を私自身にも流用してみた。私の体表から五センチほど浮かした状態で結界を張る。ただし、頭頂部から三十センチほど上まで煙突を伸ばして最後を閉じない。頭に太い煙突のついた宇宙服を着て歩いている感じ。

超不細工だけど他人には見えないんだから気にしない。これで夜の独り歩きも安心だ。ナイフで襲われても怪我をしない。（私って才能あるぅ）と思ったが、翌日には自信はぺしゃんこになった。

次の日、キリアス君が一人で来店した。

チーズ入りチキンオムライスを食べているキリアス君に、ウキウキと話しかけた。

「この前見せてもらった結界魔法って、すごいですね。あれを人間に使えば暴漢に襲われても怪我をしませんね」

「いや、普通の結界だと中の人が窒息するんだ。僕は細かい網目状に結界を張るけど、それができる人は少ないね」

細かい網目？　そんな難しい結界を張れるの？

「僕も六歳の時にマイさんと同じことを言って魔法の先生に笑われたな」

くっ！

「そうだ、ヘンリーさんが差し入れしてくれた栗のパイ、すごく美味しかった。魔法部で奪い合いになったよ。そしてマイさんに迷惑をかけるなって言われた。僕、迷惑なんかかけてないよね？」

「迷惑なことは全くありませんよ。パイ、喜んでいただけてよかったです」

「うちの連中の間でマイさんの評判はすごくいいよ。今度お出かけに誘いたいって言ってるヤツが何人もいる。美人で料理も上手だよねって」

「そうですか」

「誘いたいって言ってる男がたくさんいるんだってば」

「そうですか」

「嬉しくないの？」

「どうですかねえ」

嬉しくはない。今、恋愛する気力がない。この世界の男性と出会うところから始めるとか、少しずつ親しくなるとか、手をつないだらそこからどうしたものかとか、考えるのがもう面倒くさいよ。

それに、私の秘密を恋人に話せば妄想界の住人だと思われる。かといって恋人に秘密を隠し続けるのもしんどそう。

「店を開いたばかりなので、店を潰さないように商売に専念しないと」

「それ、建前でしょ？　この店、赤字にならなきゃいいやぐらいの気持ちで営業しているじゃないか」

「いるじゃないか」って確信した言い方に驚いた。ヘンリーさんもそんなこと言っていたけど、どこでそう思った？

「私は平凡な生まれ育ちの平民ですけど、どうしてそう思われたのでしょうね」

キリアス君がスッとコップを持ち上げた。私が安物のガラスの花瓶から変換魔法で何個も作ったコップだ。

「一番目立つのは高価な薄手のコップ。全部きっちり同じ大きさで歪みも気泡もない。あとは一枚として縁が欠けていない食器類。欠けたらすぐに捨てるんでしょ？」

違います。欠けたり割れたりしたら変換魔法で作り直しているんです。

「売り切れたら閉店という収入への執着のなさ。テーブルや椅子もいいものを使っている」

「裕福な家の娘だったら、料理なんてできないのでは？」

「だからこその道楽なんでしょ？　本当は護衛が客として紛れ込んでいたり？」

「紛れ込んでいません。私は普通の家の娘です」

「ま、僕は美味しいものが食べられたら他はどうでもいいけどね」

キリアス君はお会計をして帰っていった。

コップだったか。そういや、ロミさんとこはほとんどが錫のカップか木製か陶器だ。少しずつコップを安物風に作り直そう。つい使い慣れたコップを作っていたわ。

その夜、『酒場ロミ』に行くときに結界魔法で自分を包んで出かけてみた。私の体表から五センチほど離して張った、煙突つき宇宙服型結界。

猫たちは顔を見せてくれたけど、遠巻きに見ているだけで一匹も寄ってこない。私から近寄ろうとしたら、猛烈な勢いで逃げられた。

どうやら猫には結界が見えるらしい。

『隠れ家』を開店して五ヶ月が過ぎた。今日は十二月の二十九日。

この世界はどの月も三十日までだから、明日は大みそかだ。この国では年末年始の祝日はないらしい。さりげなくお客さんにリサーチしておいた。

だから『隠れ家』は今日も普通に店を営業し、ヘンリーさんもいつも通りに遅いランチを食べている。ほぼ毎日通ってくれているヘンリーさんとはだいぶ会話もできるようになった。

今日の日替わりはラムとリンゴのソテー、パンとスープつき。ヘンリーさんが「リンゴと羊肉が合うとは知らなかった。旨いですね」と言いながら食べている。

「お城の文官さんは年末年始も関係なくお仕事ですか？」

「いえ……少し関係ありますね。明日は休む人が多いと思います」

「お城勤めの人は休むんですね」

「まあ、休む人は休みますね」

ヘンリーさんの歯切れが悪い。これはあまり突っ込んではいけない何かがある気がする。

「お食事の邪魔をしてごめんなさい。ではごゆっくり」

そう言って厨房に向かおうとしたら、ヘンリーさんが慌てた感じに付け加えた。

「明日は既婚者と恋人がいる人は、『今年が終わる日を一緒に過ごす』ってのが普通ですから。休む人が多いと思いますよ。そういう人がいない場合は同性同士で誰かの家に集まってワイワイやるでしょうし」

そうなの？　全く知らなかったけど、どうやら知っていて当然な雰囲気。

私に祝日はないと教えてくれたお客さんよ。この情報も教えてほしかったです。

「そうでしたね。うっかりしていました。明日はうちも臨時休業にしたほうがいいかもしれませんね」

「やはりお休みするのですか……」

ほんの少しヘンリーさんの眉が下がった。絶対に悲しんでいる。うちの料理を気に入っているのは知っていたけど、そこまで？

「だって、明日は夫婦や恋人とおうちでくつろぐ日だから、誰も外食しないでしょうし」

「私は仕事をします。ただ、明日は出てくる人が少ないからお城の食堂が休みなんです。ここも休みとなると、今日のうちにパンでも買っておかなくては」

無表情だけどヘンリーさんの元気がゴッソリ減っている。私にはわかる。

「ヘンリーさんが来てくださるなら店を開けますが」

「本当ですか？　それなら明日は絶対に来ます」

しょんぼり顔からいきなり喜びいっぱいの顔になった。ただし、その変化を読み取れる人は少ないだろう。

「本当です。メニューのご希望はありますか？　明日限定でご注文を受け付けます」

「マイさんが好きな料理を食べてみたいです」

「わかりました。お任せください」

「最終日は例年乾いたパンを食べながら仕事をしていましたが、明日も美味しいランチを食べられるなら、一人きりの職場も楽しみになります」

待って。一人きり？　つまり、ヘンリーさん以外は全員休むの？　そして薄々そうかなとは思っていたけど、この人は恋人がいないってこと？　こんな美形で温厚で筆頭文官様なのに？

「ヘンリーさんが年末にお一人って、意外ですね」

「どうしてですか？」

「筆頭文官様ですし優しいですし。前に酒場を出た私を追いかけて来てくれたことがあったでしょう？　あの時、こんな優しい人はさぞや女性に人気があるんだろうなと思いました。それと、美しく走る人だなと思っ……。す、すみません。お客様にこんなことを言うのは大変に失礼でした。申し訳ありません」

「失礼とは思いません」

面白いことを聞いた、というように目元が笑っている。私の言葉、ヘンリーさんを男性として意識して観察しているように聞こえたのでは？　違うのよ。そういう目で見ていたわけじゃなくて。

これ、行きつけの食堂の店主が色目を使ったみたいになっているのでは？

「あの、私は美しいものを鑑賞するのが好きで、猫も美しいし花も美しいしヘンリーさんも……」

「私のことを異性として意識しているわけではないと言いたいんですよね？　わかっていますから安心してください。そんなに慌てないで」

これはこれで「そうです」って言ったら失礼になるパターン！　冷や汗をかきながら焦りまくっていたら、ヘンリーさんがわずかに苦笑して「大丈夫ですよ。答えなくていいです」と言う。

うわぁ、失敗した。

ヘンリーさんはいつものようにしばらくくつろいでから帰った。私は笑顔で見送ってからその場にヘナヘナとしゃがみこんだ。

「あなたは魅力的ですよ」と褒めるつもりがどこで道を間違えた。私の馬鹿。

どうしよう。優しいヘンリーさんを不快にさせた。告白されたわけじゃないのだから、そういう目では見ていないと伝える必要はなかった。ヘンリーさんは好きでもない女に振られたみたいになっていたよね？

ノロノロと立ち上がった。

明日は全力で美味しいランチを提供しよう。自分の失敗は自分でリカバリーしなきゃ。

大みそかになった。見事に一人もお客さんが来ない。午後二時にヘンリーさんが口開けの客となった。ヘンリーさんはなぜか焼き菓子と花束を抱えている。

「これ、よかったら受け取ってください」

「ええと、これは？」

「私のわがままで店を開けさせたお詫びです。マイさんはきっと気を使うなと言うでしょうけど、これは私の申し訳なさを打ち消すための品ですから、受け取ってもらわないと困ります」

「まあ……。ありがとうございます。では遠慮なく。嬉しいです」

ヘンリーさんがニコッと笑った。はっきり笑ったわ。初めて見た。

頂いた花束をテーブルに飾り、料理を並べていくと、ヘンリーさんが驚いている。

「豪華ですね」

「お客さんが多い日にこの品揃えは無理ですから、今日だけの特別ランチです」

私の好きな「少しずつ何品も」というスタイルで、料理は私の好物の中からヘンリーさんがたぶん好きだろうなと思うものを選んだ。

本日の日替わりランチのメニューは、牛肉のサイコロステーキ、トマトソースの麺、冬野菜の温かいサラダ、鶏肉のスパイス揚げ、マスと玉ねぎのマリネ、パンと白米を少しずつ、青豆のポタージュ。デザートは小さなベイクドチーズケーキ。

「私の好きなものばかりじゃないですか。マイさんの好きな料理でよかったのに」

「私の好物でもありますからご安心ください。私の実家では年の初めにこうして何種類も料理を並べて食べるのが習慣だったんです。一日早いけれど懐かしい気持ちで作りました。さあ、召し上がれ。猫舌のヘンリーさんのために、どれも少し冷ましてあります」

「猫舌？」

ヘンリーさんがぎょっとしている。しまった。この世界では猫舌って表現はないんだっけ？　それともこの国では失礼な言葉だったろうか。

「猫舌とは熱い料理や飲み物が苦手な人のことです。故郷の言い回しですが、気に障ったらごめんなさい」

「ああ、そういうことですか。バレていたんですね。そうなんです。どうにも熱いものが苦手で。ではご馳走になります。あの、よかったらマイさんも一緒に食べませんか？　ご馳走させてください。マイさんの分はないのでしょうか？」

「ありますよ。では私も一緒にいただきますね」

私の分も盛り付けて二人でのんびり食べた。

「マイさんのご実家はこんな豪華な食事で新年を迎えるんですか。やはり裕福なおうちなんですね」

「いえ、本当に普通の庶民の家です」

「私は生まれてすぐにハウラー家の養子になったのですが、養父母は私を可愛がってくれました。子供の頃は年末のこの日を家族三人で楽しく過ごしたものです。ハウラー家の両親は仲が良くて、今日も二人で寄り添って過ごしているでしょう」

ハウラー家を知らないから下手に相槌を打てぬ。今日こそ失敗したくない。

「実母もこの王都で暮らしていますが一人で過ごしているでしょうから、今夜は顔を出してこようと思っています。赤ん坊の時に養子に出されたと言うと不幸そうに聞こえるでしょうが、私はとても恵まれているんです」

「そうでしたか」

ヘンリーさんがすごいしゃべる。しかも踏み込んだ話をしてくれた。いつもは必要最低限のことしかしゃべらない人なのに。そして、自分は恵まれていると言いながら少し悲しそうな表情だ。

客商売をしていると、人の数だけ悲しみや苦労があるのを思い知らされる。ヘンリーさんにもきっと何か苦しみや悲しみがあるんだね。そして私にもいろいろある。でも今は生きているだけで大成功だと思ってる。それを今言えば説教くさくなるから言わないけれど。

結局、ランチをゆっくり食べてお茶を飲んでも、お客さんは来なかった。

「私が余計なことを言わなければ、マイさんはのんびりできましたね。申し訳ないことをしました」

「いいえ。一人で一年の終わりを過ごすより、ヘンリーさんと一緒にランチを食べておしゃべりできてよかったです。店が暇なのは、皆さんが結婚相手や恋人と幸せに過ごしている証拠ですもの、平和でいいことですよ」

「そうですね。平和な証拠ですね」

また笑った。すごく美しい笑顔。貴重な笑顔だから、心の中で柏手(かしわで)を打って拝んでおいた。

「ヘンリーさん、いつもは三時頃にはお帰りになるのに、もう三時半です。大丈夫ですか？」

「大丈夫です。宿舎暮らしを始めて以来、初めて年末を誰かと過ごせたので嬉しくてはしゃいでいるんです。それに、職場には誰もいませんから。時間は気にしなくていいんです。仕事さえこなせば問題ないです」

一年の終わりに過ごす相手が私で申し訳ないけれど、ヘンリーさんが楽しそうだからよかった。

ヘンリーさんは二人分より多い代金を押し付けるようにして払って帰った。断ろうとしたけどだめだった。

店を出ていくまでヘンリーさんは上機嫌だった、と思う。

第三章　大きな秘密

年が明けて一月になった。

私の王都ライフは順調で、魔法の腕もかなり上がっている。水魔法で浴槽にお湯をためることは余裕でできるようになった。

足をゆったり伸ばして入れるサイズの自作の浴槽にたっぷりのお湯。風呂好き人間には嬉しい限り。毎日湯船に浸かって幸せを感じている。

今日は近所の洋品店のクアラさんがランチを食べに来ている。クアラさんは四十歳ぐらいで、旦那さんと二人で洋品店を切り盛りしている。赤髪をボブにしていて、クアラさん以外にボブヘアの女性を見たことがないから、おしゃれに尖っている人なのかもしれない。

クアラさんは魚介の炊き込みご飯が大好物で、今日もモリモリと食べている。これはパエリアもどきで、本物を作りたいけどサフランが見つからない。他の花のめしべを変換させたくても、今は冬だから花がない。

「やっぱり美味(おい)しい。うちでもこれを試しに作ったのよ。でも、なんか味が違うのよね」

「それはそれでクアラさんの味ですよ」

「ううん。私はこの味が好きなの」

実はその炊き込みご飯には、自作のだしが入っている。味の違いはたぶん、旨(うま)み成分。私は魚とキノコを乾燥させ、薬研(やげん)もどきを自作してゴリゴリと砕いて粉末にしてだしを取っている。小魚やキノコそのままより、粉末のほうが濃いだしができる。今度、粉末のだしの素をお裾分けしてあげよう。

薬研はもちろん鉄鍋から作った。

「父ちゃん、鉄鍋が来たよ！」と十二歳くらいの息子さんが父親を呼びに行く声にももう慣れた。あれで一応声は潜めているつもりなのよね。

今度「こんにちは、鉄鍋です。大好きな鉄鍋を買いに来ました」って言ってみようかな。そんなこと言ったら今度は「父ちゃん、あのやばい人来たよ！」って言われるのかな。

クアラさんが炊き込みご飯を完食して話しかけてきた。

「マイさんも春待ち祭りに行くんでしょ？」

「春待ち……。いえ、決めていません」

そもそも春待ち祭りを知らない。これもウェルノス王国では知らない人がいないお祭りなのだろうか。日本におけるひな祭りみたいに全ての国民が知っているお祭りなら、下手なことは言わないほうがいい。

「マイさんは恋人いるの？　いるんだったら行かなきゃね。彼氏がガッカリしちゃうわよ」

「そうですよね」

「彼氏を惚れ直させるには、おしゃれをして春待ち祭りに行くのが一番よ。その時はうちの店をよろしくね」

「はい。その時はぜひ」

曖昧な笑みを浮かべて調理台を拭く。

さて、誰かに聞いてみなくては。「春待ち祭りってどんなお祭りですか？」と聞くのは、誰がいいかな。「は？　本気で言っているの？　いったいどこの出身なの？」などと言わない人は……酒場のロミさんかな。

あの人は不必要に客の事情に踏み込まない人だから。

そうだ、そうしよう。今夜ロミさんに春待ち祭りのことをこっそり聞いてみよう。

夜になるのを待って『酒場ロミ』に向かった。結界を使ったステルス防犯ウエアは着ていない。猫が本気で怖がるんだもの。猫はだいじな癒しだからね。

店はいい感じに混んでいて騒がしい。話し声や食器がぶつかる音で、他の人のおしゃべりの内容までは聞き取れなさそう。

カウンター席も混んでいて、どうにか空いていた席に座れた。左隣にはフードを被った男性がいたが、背中を向けるようにして座っているから「お隣失礼します」とも言わずに腰を下ろした。右隣はいちゃいちゃしているカップルだから声をかけなかった。

ロミさんがニコニコしながら私に近寄ってきた。

「いらっしゃい」

「いつもの蒸留酒と、干し肉、それと内緒でロミさんに聞きたいことがあるんですが。忙しいのにごめんね」

「内緒？　もちろんいいわよ、何かしら。あ、今すぐにお酒を持ってくるから。待ってて！　すぐだから！」

ロミさんが俄然イキイキした。コイバナを期待しているのかもしれない。そんな面白い話じゃなくてごめんね。

ロミさんは小走りで厨房に向かい、自ら蒸留酒と干し肉とチーズを載せたお皿を持って私の席まで戻ってきた。目が輝いている。やはりコイバナを期待させてしまったよね。申し訳ない。

「はい、お待ちどうさま、チーズはサービスよ。それで？　内緒で聞きたいことってなあに？」

「あ、うん、チーズ、ありがとう。あのね、春待ち祭りって、どんなお祭りなの？」

ロミさんはたっぷり十秒ぐらい私を見たまま動かない。そんなに変な質問だったのか。

「本当に知らないの？」

「知りません。他の人には聞きにくくて。教えてください」

「それはいいけど……春待ち祭りを知らないって……」

相当驚いているなぁ。口の堅そうなこの人に聞いて本当によかった。

「春待ち祭りはこの国で何百年も続いているお祭りよ。もうすぐ冬が終わって春が来るのを祝うの。二月の二回目の休息の日ね。王都では大通りの両側にずらりとかがり火が並べられて、そこをゆっくり歩くのよ。冬の間に体に溜まった悪いもの、穢れたものをかがり火が燃やしてくれるって言われてる。かがり火の間にはぎっしりと屋台が並ぶわね」

「それが春待ち祭りなのね？」

「ええ。冬の間に流行り風邪や腹下しの病で命を落とす人が多いでしょう？　お互いに厳しい季節を無事に生き延びられたね、もうすぐ春でよかったねって祝う意味も兼ねているの。老いも若きも出てくるから、すごい混雑になるわ」

「なるほど」

冬に命を落とすのか……。そうだよねえ。抗生物質もワクチンもないしねえ。うちのお客さんも命を落としたりするのかなあ。それは嫌だなあ。

「それと、この国は国民の多くが農民でしょ？　春になればみんな農作業で忙しくなる。その前に恋人同士で甘い時間を過ごしましょうっていう日ね。農村では恋人たちがかがり火の間を歩いた後で、二人で甘い夜を過ごすわけ。もちろん王都の恋人たちもね」

「わかった。恋人と甘い時間ね」

「そうよ。甘い時間は元気の源よ。じゃ、私は戻るわね。彼氏と楽しい時間を過ごしてね」

恋をする予定はないけど、話に乗っておこう。

「はい、そうします。ありがとうございます。それとロミさん、私がこんな質問をしたことは内緒でお願いします」

「あら、客商売の基本は『口は堅く腰は軽く』よ？　安心して」

ロミさんがウインクをして去っていった。

大昔から国中が祝うお祭りか。知らない人はいないわけね。

「他国の出身なもので」って言い訳するのも無理がある。私、他国どころか王都とオーブ村以外は、この国のことさえ全く知らないもの。情報の仕入れようがないし。

余計なことは言わないようにしてここまで無事にやってこれたけれど、思わぬところでボロを出すところだった。ほんと、知らないって怖い。

スマホかパソコンがあれば秒で得られる情報も、この世界では自分の足で歩き回らないと手に入らない。情報が物理的に遠い。

魔法で瞬間移動ができたらいいのに。それにしても……。

「危なかったわ」

「マイさん」

「はい」

考え込んでいたものだから、返事をしてからギョッとした。私に背中を向けるようにして座っていた左隣の客がこっちを向いていて、ヘンリーさんだった。

「やだ、ヘンリーさんだったの？　気づきませんでした」

　私もロミさんもだいぶ小声でしゃべったけど、今のやり取りを聞かれただろうか。心臓の鼓動が速くなる。

「マイさんは……その……」

「もしかして私とロミさんのおしゃべりが聞こえましたか？」

「聞かないようにしようと思ったんですけど、私は耳がいいので。隣で耳を塞ぐのも失礼だからためらわれて。ごめんなさい、聞こえてしまいました。それでマイさんは……」

　何も聞かなかったことにしてください！　お願いします！　と拝み倒そうとしたらヘンリーさんが立ち上がった。顔をしかめていてかなり具合が悪そう。

「話の途中で失礼。帰ります」

「あ、はい。おやすみなさい」

　ヘンリーさんはゆらりと立ち上がり、カウンターにお金を置くとフラつきながら店を出ていった。とても具合が悪そうだけど、大丈夫だろうか。ガタイのいい若い男性だから襲われることはないよね？

　いや、具合が悪かったら襲われるかもしれないか？

　急に心配になった。私が隣に座っていなかったら、のんびり酔いを冷ましてから帰るつもりだったのかも。話を聞いちゃって気まずいから無理をして帰ったのかも。

　そう思ったら知らん顔はできなくなった。私も代金を置いて店を出たが、たった今店を出たばかりのヘンリーさんが見当たらない。右に左に走って捜した。

「ヘンリーさん！　どこ？　ヘンリーさん！」

返事はない。馬車を待たせていて乗って帰ったのだろうか。それならいいけれど、ヘンリーさんて普段は馬車を使っていないよね？　なんだか酷く胸騒ぎがする。

近くの路地を一本一本覗いて回った。すると、何本目かの路地とも言えない建物と建物の間に、ヘンリーさんが着ていたフード付きコートが乱暴に脱ぎ捨てたように落ちていた。

胃の辺りがギュッと縮こまる。襲われたのだろうか。

ヘンリーさんのコートを拾い上げたら、少し奥まった場所に真っ白なシャツとズボンと下着。そしてブーツと靴下まで転がっている。これ絶対になんかあったよ。

震える指で落ちていた衣類とブーツを拾って抱え、人を呼び集めるためにロミさんの店に引き返そうとした。その時、背後から弱々しい声が。

「待って。服を持っていかないで」

驚いてビクッとなった。今の声、ヘンリーさんの声じゃないよね？

そっと振り返り、声がした方に目を向けると奥の暗闇に誰かいる。水魔法の準備をしつつ、いつでも逃げ出せるように構えて目を凝らした。次第に暗闇に目が慣れてきて、シルエットが見えた。

建物と建物の間の八十センチぐらいのすきまに佇んでいたのは、子馬くらい大きい猫だった。黒豹に似ているけれど豹ではない。顔が猫。

猫に話しかけられて最初に思ったのは（さすが剣と魔法の国。しゃべる大猫もいるのね）という

のんびりした感想。なにせ私はこの国のことで知らないことが多いから。

「猫さん、今のはあなたがしゃべったのかしら？」

「そうです。その服を持っていかないでください。人間に戻ったら裸で歩くことになってしまう」

人間に戻る？

猫の声は初めて聞くのに、口調には聞き覚えがあった。ヘンリーさんの服、ヘンリーさんの口調でしゃべる猫。この二つがやっと結びつき、あんぐりと口が開いた。そのまま黒猫と見つめ合うことしばし。ハッと我に返って一度口を閉じてから猫に話しかけた。

「あなたもしかして」

「そのもしかです。ヘンリー・ハウラーです。その服を持っていかないでください」

「わかりました。持っていきませんけど……。ヘンリーさん、なんで猫になっているの？　それって普通にあることなの？」

「全く普通ではありませんよ。マイさん、全然怖がらないんですね」

「だってヘンリーさんですもの」

巨大な黒猫が暗闇から一歩私に近づき、「はぁぁ」と実に人間くさくため息をついた。

「私がどうしてこうなったかをお話しするには、長い時間がかかります。そのうち人間の姿に戻りますので、私のことは気にせずお帰りください。私が元に戻ったとき、裸の私と対面したくないでしょう？」

「ヘンリーさんの裸を見たいわけじゃないですけど、それ、元に戻れるんですね？」

「たぶん……戻れます」

自信がなさそうな猫というものを初めて見た。

「たぶん？　じゃあ、戻れないかもしれないの？」

「こんな姿になったのは五歳の時以来なので」

「では元に戻ったのを確認してから帰ります。戻れなかったら一大事じゃないですか」

「そうなんですよね……」

そこからは互いに沈黙。私はずっと大黒猫のヘンリーさんを見ていたいけど、本当に不本意な状況らしい。そんな人、いや猫を見つめているのは気の毒か。だから隣に並んでしゃがみ、前を向いてしゃべることにした。

「人間に戻るまでの間、どういうことなのか聞かせてくれませんか？　ヘンリーさんが猫になるなんて現実とは思えなくて。あれ？　私、猫成分が不足しすぎて夢を見ているのかな？」

「猫成分？　いえ、夢ではなく現実です。事情が複雑なので全てはお話しできませんが、要点だけなら」

「要点でお願いします」

そこから語られた猫ヘンリーさんの生い立ちの話に、この世界に疎い私はたいそう驚いた。

「獣人が住んでいるのは遠く海の向こうの古大陸です。この新大陸には獣人がほとんどいません。私の母は猫型の獣人なんです。私は滅多に生まれない獣人と人間の間にできた子供です。私が半獣人だと知られたら文官の仕事を失うでしょうし、養子先は体面を失います」

それにしても仕事や体面を失う？　獣人であることは悪いことなの？

「今のお話にはいろいろ疑問がありますが、一番の疑問は、五歳の時以来猫になっていなかったのに、なぜ今、猫になったのかです」

「私にもわかりません。異常な熱のようなものが体内から湧き上がってきて変身が始まったので慌てて外に出たのですが、すぐこの姿に」

「なにかきっかけが？」

「変身の予感がしたのは……マイさんたちの会話を聞いたときです」

大きな黒猫がしょんぼりしている。

こんなときに不謹慎なのはわかっているけど、とても可愛い。うなだれているその背中を撫でて、よしよし大丈夫だから元気を出しなさいと慰めてやりたい。猛烈に触りたい！

しかし、これは猫に見えてヘンリーさんだ。うずうずする両手をグッと握って堪えた。

「マイさんに心配をかけて、申し訳ない」

「私は好きでここにいるのですから気にしないで。誰にだって何かしら隠しておきたい秘密があるものですよ」

「誰にだって？　マイさんにも？」

「ヘンリーさんのこの秘密に匹敵するほどの大秘密がありますね」

私の場合、人に言えることのほうが少ない状況ですよ。

「私も一人で抱えているのがそろそろ重荷になっている秘密があるんです。ヘンリーさんの大きな秘密を知ってしまったので、私も秘密をお話ししましょうか？　それともそんな話は不要でしょうか」

「私が聞いてマイさんが楽になるのであれば、秘密を聞かせてもらえますか？」

「わかりました。ちょっと待ってください。あ、ありました」

私はポケットを探って店の鍵を取り出した。鍵を両手で挟み、素早く左手で握ってから二つのゲンコツを猫ヘンリーさんの前に並べた。

「私にはすごく大きな秘密とかなり大きな秘密があります。どちらの手に鍵が入っているかを当てたら、すごく大きな秘密、外したらかなり大きな秘密を話します」

「どちらも大きな秘密じゃないですか。それ、私が聞いていいんですか？」

「私もヘンリーさんの秘密を知りましたし。それに、秘密って誰にも愚痴を言えないし相談もできないでしょう？　誰かに聞いてほしいことが、私にはありすぎるんですよね」

大黒猫が私に近寄った。見れば見るほど大きい。ヘンリーさんだと知らなければ恐怖を感じる大きさだ。けれど優美で美しい。ヘンリーさんは整ったお顔だけど、この猫も美猫だ。ツヤツヤの真っ黒な毛並み、エメラルド色の瞳は暗いから瞳孔が真ん丸でキュート。ピンと張り出している黒いヒゲ。ああ、触りたい。撫でまわしたい。

「本当に私が聞いていいんですね？　当てますよ？」

「どうぞ。私が誰かに秘密を打ち明けるとしたら、こんな秘密を知ってしまったヘンリーさんがぴったりです」

「手の匂いを嗅いでも？」

「いいですよ」

猫ヘンリーさんは私の拳に鼻を近づけ、しっとり濡れていそうな鼻をヒクヒクと動かす。くうっ、可愛くてたまらん！

「こっちですね」

そう言いながら肉球で私の左手に触れる。大きな肉球が柔らかい。私は両手を開いて鍵を見せた。

「当たり。においでわかるんですね」

「鉄のにおいはわかりやすいです」

「当たりだったのですごく大きな秘密をお話ししますが、まだ人間には戻れそうにありませんか？私の話も結構時間がかかる内容なんです」

「それですが……いつ戻れるのか自分でもわからなくて。今、かなり焦っています」

「それなら私の家に来て、戻るまで暖炉の火にあたりながら聞きませんか？」

猫ヘンリーさんがエメラルドの瞳を左右に揺らして迷っている。じっと返事を待っていると、コクリ、とうなずいた。

「お願いします」

「では行きましょう！」

ちょっと声が弾んでしまったのは仕方ない。だって、ついに猫を我が家に招き入れるんだもの。しかもしゃべる超大型の猫。最高オブ最高じゃないの。

猫ヘンリーさんは歩く姿が優美だ。そういえば走る姿が滑らかでとても美しかったっけ。あれは半分猫だからなのかもね。

ヘンリーさんにとっては非常事態なのに顔がニヤつきそうになる。ニヤけないよう奥歯を噛みしめながら歩いた。なるべく人通りがない道を選んだ。繁華街から離れるとたんに夜道は暗く、黒猫は闇に溶け込んで目立たない。この世界に月がなくてよかった。

家に入り、暖炉に火をおこす。ヘンリーさんはヒゲが焦げそうなくらい暖炉に近づき、喉をゴロゴロと鳴らしている。そして喉を鳴らしている自分に途中で気づいたらしく、ゴロゴロをやめてからチラリと私を見た。

「どうぞ。お好きなだけ喉を鳴らしてください。猫成分を補給させてもらっていますから」

「猫成分……」

「温かいお茶はいかがです？　あっ、お茶は猫によくないですよね？」

「いえ、いただきます。猫の姿でも中身は人間ですので。この姿になってもネズミを食べたりはしません」

「なるほど」

抱えてきたヘンリーさんの服をシワにならないように椅子にかけ、厨房でお茶を淹れた。そのお茶を別のカップに移して温度を下げるのはいつものこと。ヘンリーさんは猫舌だからね。

「さ、どうぞ。お茶です。飲み頃ですよ」

「いただきます。申し訳ありませんが、飲んでいる姿を見ないでいただけますか」

慌てて背中を向けた。背後でピチャピチャとお茶を飲んでいる音がする。

「もういいですよ。美味しかったです。では今度はマイさんの秘密を聞かせてください」

「ええ、お話ししますけど、その前に質問していいですか？」

「どうぞ」

「服は自分で脱いだのですか？」

「ええ。服を着たままこの姿になったら、ボタンやベルトを外せなくなります。そして服の中で動けなくなってしまいます。誰かに見つかっても素早く逃げられるよう、急いで脱ぎました」

「ヘンリーさんは非常事態でも冷静ですねぇ。さすがはできる文官さんだわ。では今度は私が秘密をお話しします」

そう言ってヘンリーさんの隣に並んで腰を下ろした。

（秘密をしゃべっていいの？）と思う用心深い私と、（一人で秘密を抱え続けるのがもうしんどい。秘密を打ち明けてつらいときは話し相手になってほしい。ヘンリーさんは信用できるよ）と聞いてもらいたがる私がいる。

ヘンリーさんと二人で暖炉の炎を見ながら告白した。

「私、この世界の人間じゃないんです」

猫ヘンリーさんは「ナァン？」と鳴いてから慌てて「んんっ！」と咳払いした。鳴き声をごまかしたつもりだろうか。

「失礼。あまりに驚いたもので。この世界の人間ではないのなら、どの世界の人間なんです？」

「この世界とよく似ているけれど、全く別の世界です。私はその世界でも飲食店をやっていました。でも、体調を崩して病院に行ったら、病が手遅れの状態だとわかったんです」

そう言って自分の手を見る。かつて痩せて骨とスジが浮いていた手の甲は、健康的なふっくらした手に戻っている。ヘンリーさんは言葉を差し挟まず、私が話すのを待ってくれた。迷った結果、魔法の話もすることにした。魔法の話を抜きで語れば新たな秘密が生まれてしまう。

「あちらの世界のお医者さんに『もうあまり時間がない』と言われました。こちらに来る直前は、もうしゃべることも苦しい状態でしたね。そんなときに祖母が『その世界に行けば、お前は一人で生きていくことになる。その代わり、健康な体でやり直せる』と言って、魔法の知識と魔力を私にくれたんです。でもこんな話、信じられませんよね」

自分で言っていても嘘くさいと思うもの。笑われるかと思ったけど、ヘンリーさんは笑わなかった。

「申し訳ないのですが、あなたが言う『別の世界』という概念が、まだ理解できません。わかるのは、あなたのおばあ様が魔法使いだったってことです。それも知識や魔力を人に与えられるような高等な魔法を使える魔法使いだ。そしてこの世界を知っていた。あなたの言うあちらの世界にも魔法使いがいるんですね」

「いません。魔法使いは想像の世界にしかいない存在です。私はその時まで祖母が魔法を使えるなんてこと、全く知りませんでした。だから私は祖母の頭がおかしくなったと思いました。ところが私は本当にこの世界に送り出されたのですよ。末期だった病はこちらに来たときにはもう、消えていました。祖母は真実を語っていたのです」

　真剣に聞いてくれたヘンリーさんの次の質問は、意外な内容だった。

「おばあ様は何歳です？」

「七十八歳です」

「お名前は？」

「佐々木りよ。佐々木は祖父の苗字です。祖母の実家の苗字は後藤ですが、祖母の実家の話はほとんど聞いたことがありません。実家とは疎遠だったみたいです」

　真剣に聞き入っていたヘンリーさんが後ろ足でカッカッカッと顎をかいた。無意識にやっているらしく、その後も真面目な顔だ。小さな声で「それってまるで……」とつぶやいた後はまた考え込んでいる。

　それよりヘンリーさん、私が魔法を使えるかどうか聞かないのかな？

「祖母のことで何か気になることが？」

「いえ、まだなんとも。憶測を口にするのは性に合わないので、調べてからにします」

　ヘンリーさんは考え込みながら長い尻尾を左右に振っている。尻尾が床にぶつかるたびにタシン、タシンといい音がする。長くてすんなりした尻尾だ。

「だいぶ時間がたちましたけど、どうですか？　人間に戻れそうですか？」

　黒いヒゲがまた一瞬でシオシオと下を向く。

「全くです。この姿に変わる前は体の中がカッと熱くなってから全身がムズムズしたのですが、そんな気配がありません。もしかすると人間の姿に戻るときは熱っぽい症状はないのかもしれません。何しろ前回は二十年前で、しかも高熱を出したときだったから何も覚えていないのです」

「そうですか……。とりあえずその姿で宿舎に帰るわけにいかないでしょうから、今夜はうちに泊まっていってください」

「いえ、女性の家に泊まるのはさすがに遠慮します。よければ軒下で寝かせてください」

「真冬に外で寝るんですか？　元は人間なんですから絶対に風邪をひきますって。それにこんな大きな猫を見たら、みんな驚くし怖がります。攻撃してくる人だっているかもしれません。うちに泊まってください。そこは譲れません」

真剣に勧めた。心配しているのは本当に本当だ。ただ……ほんのちょこっとだけ、（この猫を手放したくない！）と思っているけど、それは仕方ないのよ、病だから。おばあちゃんも「マイの猫好きは病の域だね」とよく言っていたっけ。

「そうですね。確かに騒動を引き起こすのは避けたいです。ここで眠ってもいいでしょうか」

「もちろん！　そうしてください」

人間に戻れずしょんぼりしている様子のヘンリーさんのために、毛布をたたんで暖炉の前に置いて寝床を作った。（箱を用意したほうがいい？）と思ったけど、あまりに猫扱いするのは失礼だろうとやめておいた。暖炉の薪を足してから声をかけてみた。

「あの、もし、もしもですよ？　明日の朝も猫のままだったら、出勤できませんよね？　無断欠勤はまずいでしょう？」

「無断欠勤した上に宿舎にも帰らないとなれば、何かあったと思われるでしょうね。はぁ。本当に困りました。私は規則を守り安寧を旨として生きているのに。無断欠勤して行方不明と思われるなんて、耐えがたいことです」

「ではその時は私が連絡係になります。どこの誰に知らせればいいですか？」

猫ヘンリーさんは目を見開き口を開けて「助かった！」という表情をした。なにそれ、可愛い。人間の時よりずっと表情が豊かだわ。

「大変助かります。では明日になっても私が人間に戻れなかったら、私の養父に手紙を届けてもらえますか？」

「わかりました。手紙は私が代筆します。服はここにありますから、人間に戻ったら着てくださいね」

ヘンリーさんがしょんぼりしつつうなずいた。

「ありがとうございます。このご恩は一生忘れません」

「どういたしまして。私もこの世界に来たばかりの時、親切な夫婦に助けてもらいました。困ったときはお互い様です。それで、厚かましいお願いなのはわかっているんですけど……少しだけ撫でてもいいですか？」

「え？　ああ、猫好きなのでしたね。どうぞ。こんな体でよければ、好きなだけどうぞ」

ズイ、と頭を差し出された。ふおおおっ！

「では失礼いたします」

膝をつき、手のひらで丸く滑らかな頭を撫でた。うわぁ、毛がふわっふわだ。最上の手触り。頭を散々撫で、背中を撫で、喉を撫でるとヘンリーさんは「ドウルルルルル」と低い音で喉を鳴らした。

ああ、猫はいい。しゃべる猫なんて最高だ。しかもこのサイズ。豹やライオンを撫でているような高揚感さえ感じる。本当は猫ヘンリーさんを仰向(あおむ)けに転がしておなかに顔を埋(うず)めたいけど、それはダメ、絶対。今は猫になっているけど、これはあの真面目なヘンリーさんだ。

しばらく撫でたけれど際限なく撫でてしまいそう。断腸の思いで切り上げた。

「ありがとうございました。猫成分を満タンまで補充できました。思うさまモフることができて幸せです。ありがとうございました！　ではおやすみなさい」

「おやすみなさい、マイさん」

店から二階に行こうとしたら背後で「満タン？　モフる？」とヘンリーさんがつぶやいた。思わず目を閉じて「くっ」と呻(うめ)いてしまう。可愛すぎるよ、猫ヘンリーさん。

二階の寝室に入り、「さむっ！」と言いながらベッドに入った。そっと手のひらの匂いを嗅いだら猫の日向(ひなた)っぽい匂いではなく、ヘンリーさんの使っている石鹸(せっけん)の匂いだった。「猫の匂いじゃないのか」と、そこは少しだけ残念だった。

ベッドに入り、あれやこれやを思い返した。ヘンリーさんが半分とはいえ猫型獣人のサインは随所にあったことに気づく。

ヘンリーさんと一緒の時、街の猫たちが全く姿を見せなかった。あれはヘンリーさんの猫の気配を察知して出てこなかったのでは？　巨大猫だもの、猫たちだって用心もするわ。

「猫が好きなんですか？」と聞いてきたとき、ヘンリーさんは妙に真剣じゃなかった？

それに圧倒的猫舌だった。（そんなに冷ますの？）と思うくらい熱いものは食べなかった。

走る姿がとても美しいのもそう。今思えばネコ科の動物が走るときみたいに軸がブレなくて美しかった。

文官として毎日事務仕事をしているのにしっかり筋肉がついているのも、半分猫なら納得だ。

「そっかぁ。猫だったかぁ」

古大陸に獣人が暮らしているのなら、そこには猫型獣人がたくさんいるのだろうか。海の向こうならそうそう簡単には行けないけれど、いつか古大陸に行ってみたいなぁ。猫型獣人は猫の姿のまま……じゃないね。ヘンリーさんのお母さんが洗濯係として働いていたのなら、普段は人間の姿だったわけだ。

「ああもう、この世界、あっちと似ているようで全然違うじゃないの。知らないことばかりだわ」

だけど今後はわからないことがあれば博識そうなヘンリーさんに聞くことができる。これは素晴らしいことよ。やっぱり秘密を話した相手がヘンリーさんでよかった。

『マイ、笑って生きるんだよ』と言ったおばあちゃんは、獣人のことを知っていたのだろうか。さっきからずっとおばあちゃんがくれた知識を探っているのだけど、獣人という言葉が見つからない。

私の脳に干渉して一気に大量の知識を注ぎ込むのには量的に限界があったとか？

それにしても、あの魔法はどうやったのだろう。私もあの魔法を使えたら、ヘンリーさんに私の世界の知識を注ぐことができて、言葉で説明するよりずっと……。

いや。いやいやいや。この発想は危ない。私は魔法を学び始めてまだ七ヶ月。素人に毛が生えた程度の初心者だ。他人様(ひとさま)の脳にそんなことをして失敗したら、脳にダメージを与えるわ。やめよう。そもそも、そのやり方が見つかっていない。

その夜は猫ヘンリーさんの毛の手触りを繰り返し思い出して、満たされた気持ちで眠った。

マイが階段を上がっていき、ヘンリーはポスッと毛布に伏せた。暖炉の前で温まりながら、怒涛(どとう)の一日を思い返す。

その日の朝、国土整備大臣にいちゃもんをつけられた。

「魔法使いに街道の整備をやらせたい？　効率が悪くても普通の人間にやらせたほうがいいだろう。陛下のご指示にもあったように、貧しい者たちに賃金が支払われるようにすべきだよ」

「その点は問題ありません。一般人に工事をさせつつ、魔法使いにも土魔法で工事を手伝わせたいのです。一般人向けの仕事は、他にも山ほどありますので」

街道整備は当初の予定からだいぶ遅れている。ヘンリーの部下たちは、その街道を利用する領主たちからやいのやいのと催促を受けていた。だからキリアスの了承を得て、魔法部の予算を削った分を工事の報酬で補うつもりで街道整備の計画を練り直した。

だが、貴族の苦情を代理人から訴えられるヘンリーたちとは違い、大臣はヘンリーが文書化したものに目を通すだけだからお気楽に文句を言う。

魔法使いたちは魔法使いたちで「余計な仕事を増やされたくない」と言う。そして「予算がもっと欲しい、今の予算を減らされるのは納得いかない」と繰り返す。

魔法使いたちをまとめる立場のキリアスならもう少し理解してくれるのだが、土魔法に優れる彼は今、遠くの崖崩れを片付けに出かけていていない。

「この工事に参加すれば、前から欲しいと言っていたダイヤが買えますよ。何かの魔導具で必要なのでしょう？」

「そうですけど、工事に協力していたら魔導具を使って実験する時間がなくなるじゃないですか。本末転倒ですよ」

(時間はいずれできるじゃないか。いつまで駄々をこねるんだ。子供か！）と言いたくなるのをグッと堪える。ヘンリーは生まれてこのかた、人に向かって声を荒らげたことがない。文官の今は『争いを起こさず敵を作らず職務を全うする』がヘンリーの信条だ。

ヘンリーの先輩で、仕事ができるのに普段の言動が災いして敵が多く、仕事を効率よく進められない人がいる。結局仕事で成果を出せず、本来は優秀なのに今ではヘンリーの部下の位置にいる。あれは文官として非効率的な生き方だと思う。

「もっと時間を取られない仕事なら引き受けますけど」

「そういう仕事は対価が格安です」

「酷い」

勝手なことをいう両者にイライラしていた。

だから酔ってうっかり耳が出てもいいように、フード付きコートを着て『酒場ロミ』に憂さ晴らしに行くことにした。酒場に詳しいわけではないので、（マイさんが一人で通っている店なら安全だし旨かろう）と思ってロミに向かう。心の片隅に（運が良ければマイさんも来るかも）という願望があったことは否定しない。

ほろ酔い加減になった頃自分の右隣に客が座り、匂いで（マイさんだ）と気づいたのだが。

挨拶の声をかける前に店主とマイが話を始めてしまった。会話が終わったらと思っているうちに話を聞いてしまう。話の内容にショックを受けた。

（どうやらマイさんは恋人と春待ち祭りを楽しむつもりらしい）

そう思ったら急に腹の奥が熱くなり、あっという間に耳と尻尾が出た。

（フードを被っていて本当によかった）

そう思ったものの、体の熱はどんどん湧き起こる。気がつけば手の甲に柔らかな黒い毛が生えだしたから慌てた。

（子供の時は高熱が出ていたときに猫になったけれど、なぜ今？　この体格で猫になったら大騒ぎになってしまう）

すぐさま店を出た。どんどん体は変わっていく。恐怖を感じたと言ってもいい。手指が人間の形をしているうちにと、急いで服を脱いだ。

（人間の服を着たまま猫の姿になれば、身動きが取れなくなる）

恐慌をきたしている最中にそう気づいた自分を褒めてやりたい。服の中で動けなくなった巨大な猫を見れば、すぐに獣人だと気づかれる。下手をすれば命の危険がある。この国のほとんどの人間は獣人を見たことがなく、獣人を人間とは思っていない。

（普段どれだけ真面目に仕事をしようとも、どれだけ敵を作らないよう気をつけていようとも、こんな姿を見られたらもう……全て台無しだ）

衣服を脱ぎながら緊張と恐怖で吐き気がしてくる。

全ての衣服を脱ぎ終わる頃にはもう、二本足では立っていられない体になっていた。今、心を占めているのはカウンター席で聞いた話だ。

（マイさんには親しく夜を過ごす恋人がいる）

顔も知らないどこかの男とマイが一緒にいる。その場面を想像しただけで猛烈な嫉妬心が湧き上がる。

（この鋭い爪と牙でその男を引き裂いてやりたい）

心のどこかでそう思う自分にゾッとする。

（人を襲ったりしたら俺の人生は終わりだ。何よりも嫉妬で人を傷つけるなんてこと、絶対にしたくない）

そう考える冷静な気持ちと（マイさんを奪われたくない。絶対に嫌だ）という荒々しい感情に心が揺れる。こんな感情は二十五歳まで生きてきて初めてのこと。安寧を旨として生きてきた自分とは別人のようだ。

（とりあえず今はマイさんに見つからないようにしなくては）

それだけを願って暗闇に隠れた。

ところがマイはヘンリーを捜しに来た。ヘンリーの変わり果てた姿を見ても怖がらない。むしろ普段よりずっと優しくしてくれる。それがもう、泣きたいほどに嬉しい。けれど優しくされればされるほど、この姿が情けなく思える。

獣人の母と人間の父の間に生まれたヘンリーは、恋愛は望めないと諦めていた。だから心惹かれる女性もいなかった。『隠れ家』に通うようになってから、ずっとマイを好ましく思っていたが、自分の気持ちを伝えるつもりは全くなかったのに。

筆頭文官ヘンリー二十五歳はこうなってやっと、（俺はマイさんが好きなのだ）と諦めて認めるしかなかった。それでも、あの時のおぞましく醜い嫉妬のせいで猫になったとは、絶対に知られたくない。

暖炉の炎を頼りに自分の姿をしげしげと見る。

「マイさんの匂いが毛に残っている」

フンフンと背中の匂いを嗅ぎながら、自分を撫でているときの彼女のうっとりした顔を思い出す。

「マイさんはこの姿を猛烈に気に入っているらしい。猫として、だけどな」

嬉しさ半分、困惑半分というのがヘンリーの正直な気持ちである。

翌朝、私はまだ暗いうちに起きた。

そーっと足音を立てないように階段を下りたけれど、それでも足音は聞こえていたらしい。大きな黒猫が暖炉の前に座ってこちらを見ていた。

「おはようございます、ヘンリーさん。戻らなかったんですね」

「おはようございます、マイさん。戻りませんでした。ハウラー家へ手紙をお願いします。本当に申し訳ありません」

「親切にしたいと思っている人に謝るのはやめてくださいな。お役に立てることが幸せと思っているのに」

外はようやく夜が明けたところだ。心は急(せ)くが、この時間に初めての家を訪問するのはいくらなんでも非常識だ。

「まずは朝食を食べましょう。私と同じものでいいのですよね？」

「はい、マイさんと同じものをお願いします。お世話になります」

「わかりました。食べ終わったら、手紙を代筆しますね」

「助かります。お手数をおかけします」

目玉焼き、厚切りベーコン、ゆでたブロッコリー、昨日の残りのコンソメスープ、干しぶどうパン、それとバター。猫の手では食べにくいだろう。かといって私の前でお皿に口をつけて食べるのは嫌なのでは？

「私が料理を小さく切ってスプーンで食べさせて差し上げます」

「いや、さすがにそれは」

「私が食べさせてあげたいんです。猫にスプーンで食事を食べさせるなんて、たぶん一生できないでしょうから。やらせてください」

「そうですか。ではお言葉に甘えます。器に顔を突っ込んで食べる姿をあなたに見られるのは、さすがに情けないと思っていたところです」

目玉焼きを切って食べさせ、ちぎったパンを食べさせる。スープはスプーンで少しずつ。ヘンリーさんは猫になっても食べ方が上品できれいだ。時間はかかったが、完食してくれた。私も合間に自分の食事を食べ終えた。

「美味しかったです。では、申し訳ありませんが代筆をお願いします。私の実家のハウラー子爵家まで届けていただけますか？」

「子爵家……。わかりました」

そうじゃないかなとは思っていたけれど、ヘンリーさんはやっぱり貴族のご令息だった。

平民から見たら貴族は雲の上の人だ。それはこの世界に来てから経験で学んだ。身分の差について、日本人の私にはショックなことも多かった。貴族の一行と道で出会ったら素早く私が道を譲らなければならないことに思い至らず、最初の頃は何度か貴族の使用人に暴言を吐かれたりした。

だから今、ご実家が子爵家と聞いてヘンリーさんが遠くなったような気がする。ちょっとだけ寂しい。

代筆した手紙の内容は、「猫に変わってしまって元の姿に戻れないこと、行きつけのカフェに泊めてもらったこと、手紙を届けた人がそのカフェの店長であること、職場に休む旨を連絡してほしいこと」だった。

「では手紙を届けてきます。待っていてください」

教えてもらった住所を頼りにハウラー子爵家を目指した。

たどり着いたハウラー子爵家は立派なお屋敷で、門番さんがいた。私が用件を告げると、それまでは「こんな朝っぱらから何の用だ」みたいな雰囲気だった門番さんが、急に丁寧な対応になった。

「坊ちゃんからの手紙ですか？　ここでお待ちいただけますか？　すぐに取り次ぎます」

走り去った門番さんがきちんとした身なりの男性を連れてきた。その男性に代筆した手紙を渡すと、家の中に通され小部屋で待たされた。男性はこのお屋敷の執事だそうで、すぐにハウラー子爵と会わせてくれた。

ハウラー子爵は細身の銀髪の男性で、ヘンリーさんの話で聞いていた通りの穏やかな雰囲気の人だ。

「手紙を読みました。今、ヘンリーはあなたの家にいるのですね？」

「はい。元に戻れず、今も黒猫のままです。大人になってから猫になったのは初めてだそうで、無断欠勤になることをとても心配しています」

ハウラー子爵が苦笑した。

「このような一大事に心配するのが仕事のこととは。実にヘンリーらしい。お嬢さんはマイさんといったね。このたびは息子が世話になった。息子の姿を見て、さぞかし驚いたでしょう。息子を助けてくれてありがとう。すぐに迎えの馬車を出すので、執事と一緒に乗ってほしい。城には使いの者を出して、具合が悪いから休むと伝えよう」

「よろしくお願いします」

「それと、今回のことだが……」

言葉を選んでいる様子に、何が言いたいのかすぐにわかった。

「ヘンリーさんの秘密は、誰にも言いません。秘密を守ることに対して何も要求しません。ヘンリーさんは大切なお客様です。ヘンリーさんの秘密は絶対に守ります」

「あなたを疑っているわけではないんだが、そう言ってもらえて安心した。息子を迎えに行って、またここに戻ってきてもらえるだろうか。ゆっくり話したいことがある」

「かしこまりました」

私は執事さんと一緒に馬車に乗った。初めて乗った馬車は内装は豪華。座面と壁部分がビロード張りのクッションみたいになっている。

店に着いて執事さんと店内へ。猫ヘンリーさんは執事さんを見るとホッとした様子だ。

「ジュード、すまない。私だよ」

「ああ、坊ちゃん！　大変でございましたね」

「元に戻れないんだ。屋敷まで連れて帰ってくれるか？」

「もちろんでございます。お屋敷に帰りましょう。ささ、私と一緒に」

「マイさん、お世話になりました。助けてくれてありがとう。このお礼は必ず」

猫ヘンリーさんが律義なことを言う。いいのに。モフらせてくれたから十分なのに。

「子爵様が私にゆっくりお話ししたいことがあるということでしたので、私も一緒に行くのです」

「そうでしたか。重ね重ね申し訳ないです」

私は『臨時休業』と書いた紙をドアに貼ってから馬車に乗り込んだ。たまには臨時休業もいいさ。

ハウラー子爵家に到着したが、奥の部屋に着くまで他の使用人を見かけなかった。私だけの時にはちらほら使用人を見かけたのに。猫ヘンリーさんを見せないようにしているのだろうか。

私と子爵様、猫ヘンリーさんの三者で話し合いになった。

子爵と猫ヘンリーさんはそれぞれが一人用のソファーに並んで座り、私は子爵と向かい合う席に座るよう勧められた。猫ヘンリーさんはソファーの上で背中を丸めている。

「マイさん、私のせいで店を休ませてしまい、申し訳ありませんでした」

「たまに休むぐらい、なんてことありません。心配はいりませんよ」

子爵様が沈痛な面持ちで話を始めた。

「ヘンリーは生まれてすぐに養子になって以来、このような姿になったことは一度しかない。その時は高熱が出ていたが、今回は熱はなさそうだ。今になってなぜこんな姿になったのか……。マイさん、原因に思い当たることはないだろうか」

「思い当たることは何も。ヘンリーさんは私と二言三言しゃべったところで立ち上がり、その時にはもう具合が悪そうでした。深酔いしているのかと心配になって後を追いかけて外を捜して、見つけたときにはすでにこの姿でした」

子爵様が品よくため息をついた。

「ご存じのように、この国には獣人がほとんどいない。もしいたとしても獣人であることを隠しているはずだ。この国では、獣人であることを知られていいことはないからね。獣人国と交流がないゆえに、我々には獣人に関する知識がほとんどない。ましてや人間と獣人の間に生まれた者は、私の知る限りヘンリーだけだ。ヘンリーがこの状態からどうやったら戻れるのか、私には皆目見当がつかない」

「ヘンリーさんを産んだお母様に聞くのがいいのでは？」

「私はヘンリーの母親がどこにいるのか知らないんだ。ここは少し様子を見ようと思う」

あれ？　実の母親にはときどき会っているような口ぶりだったよね？　そう思いながらヘンリーさんを見ると、小さく首を振っている。あっ、そうか。養父母はヘンリーさんが母親に会っていることを知らないんだね。

「父上、少し二人で話をさせていただけますか」

「マイさんとか？　どうしてだい？」

「こうなる前の酒場での状況などを、二人で確認したいのです。マイさんが何を話していたか、私の隣で何を飲んでいたか、全て確認したいのです。それはマイさんの個人的なことでもありますので」

「そうか。席を外そう。何かわかったら必ず私にも知らせるように。お前は少し様子を見たほうがいい。五歳の時と同じように、自然に戻るかもしれない」

「わかりました」

子爵様は部屋を出ていき、私と猫ヘンリーさんだけになった。

「何も言わないでいてくれてありがとう。養父母は母の居場所も、私が母に会っていることも知りません。私が実の母に会っていたことを知れば、育ててくれた両親が傷つくでしょう。とても優しい人たちなので、それは避けたいのです」

昨夜話を聞いていたときに、(この人は自分の境遇を恨む言葉を吐かないな) とは思ったけれど、養父母のことも傷つけたくないんだね。

私のおばあちゃんも優しかったけれど、神様はこういう優しい人に重荷を背負わせるのが好きよね。神様って性格悪いわ。同じクラスだったら絶対に友達になりたくないタイプよ。

「迷惑ばかりかけて心苦しいですけど、マイさんにしか頼めないことがあるのです」

「いいですよ。任せてください」

「何も聞かずに引き受けてくれるんですか?」

「私にできることならやります。私がいつか困ったことがあったら、ヘンリーさんに助けてもらうかもしれませんし」

「その時は必ず力になります。頼みたいことですが、今夜、この屋敷を抜け出して母に会いに行こうと思います。その際に一緒に私の母と会ってくれませんか？　父は様子を見ろと言いますが、様子を見ていて手遅れになるのが恐ろしいのです。このまま人間に戻れなかったらと思うと……絶望します」

　頭の中で言われたことを整理したけれど、今頼まれたことは良くない方法のような気がする。

「なぜこちらのご両親に内緒で行動するんですか？　お母様に事情を話して、解決策があるか聞くだけですよね？　こっそり家を抜け出して途中でなにかあったら、余計厄介なことになりますよ」

「それは……私の実父の立場が関係するのです。ちょっと待ってください」

　そう言って猫ヘンリーさんは半開きにされているドアにタタッと駆け寄り、左右を見る。戻ってくると「こちらへ」と言って私をドアから最も離れた窓際にいざなった。

「私が実母に会って話を聞きたいと言い張れば、こちらの父が実の父に相談するでしょう。父の周囲の人間にこの事態を知られるのは、とてもまずいのです」

「それは、跡継ぎ問題とか、そういう理由ですか？」

「そうです。子爵家に自分の子供を預けるぐらいですから、私の父はもっと上の爵位の貴族のはずです。実父に隠し子がいて、それが半獣人だと知られたら……家の名誉のために狙われるのは私の命だけでは済まないでしょう。実母も口封じのために狙われる可能性があります。実母は実父から、いえ、実父の周囲の人からも隠れて暮らしているのです。実母を危険に晒（さら）すわけにはいきません」

　一番しんどいのはヘンリーさんなのに。いつでも周囲の人のことを考えるところに胸が痛んだ。

「実母は裕福な平民のお嬢さんたちが集まっている女学院の寄宿舎で下働きをしています。場所が場所なので私がこの姿で会いに行くわけにはいきません」

「女学院の寄宿舎……。確かに騒ぎになりますね。大丈夫、同行しますよ。何時にします？　私が同行するにしても、あまり遅い時間はまずいでしょう？」

「では夜の七時に。この屋敷の門から西へ進むと、赤松の林があります。そこで待ち合わせをしましょう。宵の口ではありますが、くれぐれも気をつけて」

「わかりました」

大丈夫。私は魔法が使えるのですよ、と胸の内でつぶやいて微笑(ほほえ)んだ。

その後、ヘンリーさんが子爵様に「これといって思い当たることがなかった」と報告して、私は『隠れ家』に戻った。


夜になるのを待って、指示された場所に向かった。初対面の人に怪しまれないよう、お出かけ用の服を着た。その上には夜道を一人で歩いているときにお金持ちに見えないよう、古びたコートを羽織った。

赤松の林に到着し、真っ暗な中で猫ヘンリーさんを待った。もしかしたらもう人間に戻っているかなと思ったけれど、七時の鐘が鳴り終わる前に大きな黒猫が姿を現した。

「お待たせしました」

「それほど待ってはいません。さあ、行きましょう」

二人で歩きだしてから、好奇心に負けて質問した。

「その手では鍵を開けるのもドアを開けるのも大変でしょう？　どうやって抜け出したのですか？」

「猫の姿をしていても中身は人間ですので。少々苦労しましたが、窓の鍵を開けるのは案外あっさりできました。窓を開けて二階のベランダから庭に飛び降りましたが、この体だと高い場所から飛び降りるのが怖くないとわかりました」

「前向きですね。あっ、そうだ、お母様のお名前は？　呼び出してもらう以上、お名前と外見を知っておかないと」

「実母の名前はカルロッタです。苗字はありません。黒髪に緑色のアーモンドアイ。年齢は四十三歳ですが、もう少し若く見えます」

「了解です」

「私は物陰からこっそり敷地内に忍び込みます」

「了解了解」

夜の七時過ぎ。通りにはほとんど人の姿はない。あっちの世界の喫茶店のお客さんが「田舎の夜は七時には誰も歩いていない」とおっしゃっていた。異世界の夜もそんな感じ。おかげで大きな黒猫と私は、誰にも見られずに済んだ。

到着した女学院の寄宿舎は高い塀に囲まれ、門番さんが立っていた。制服を着て帯剣している門番さんに近寄り、満面の笑みで話しかけた。こういうとき、愛想は必須だ。

「夜分に恐れ入ります。下働きをしているカルロッタさんに急ぎの用事がございます。お呼び出しを願えないでしょうか。私はマイと申します。坊ちゃんのことで、と言っていただければわかると思います」

「カルロッタさんですか。では本人に確認しますので、ここで待っていてください」

門番さんは豪華な建物の脇を進み、奥の木造二階建てに入っていった。あれが従業員用の建物か。待つこと数分、ほっそりした体格の黒髪の女性が走ってきた。（この人も走り方がきれい）と思った。動作が美しいのは猫型獣人の特徴なのかも。

カルロッタさんは不安そうな顔をしていた。

「お待たせしました。私がカルロッタです。息子のことで用事って、なんでしょう？」

「ヘンリーさんが困ったことになりまして、実は……」

カルロッタさんにだけ聞こえる声で事情を話すと、「こちらに」と門番さんから見えない場所に連れていかれた。すると私たちのすぐ近くにヘンリーさんが音も立てずに上から降ってきた。塀を乗り越えたのかい！　塀の高さ、二メートル以上はあるのに！

「母さん、俺だよ」

カルロッタさんが覗き込むようにして猫ヘンリーさんを見る。

「あなた、ヘンリーなのね？　あらまあ。立派な若猫になっちゃって。猫になっても男前なのは変わらないわねえ」

「驚かないの？　俺、すごく困っているんだ」

ヘンリーさんはお母さんの前では「俺」って言うのか。

「私の息子だもの。猫になったって驚かないわよ。困っているって何が？」

「戻れないんだ。これ、どうやったら戻れるのかわかるかな」

「ああ、そういうこと。いつからなの？」

「昨日の夜にこの姿になって、それからずっと戻れないんだ」

カルロッタさんが膝を曲げて黒猫の顔を両手で挟んだ。そしてツヤツヤと濡れている黒い鼻にチュッと口づけた。

「あなたが大人になったからその姿になったのよ。恋の季節がやっときたのね。あなたは一生人間のままなのかと思っていたけど。そう、やっとなのね。お相手は？　このお嬢さんなの？」

ヘンリーさんがジリッと後ずさった。

「待って。なんの話をしているの？」

「恋の季節になると、私たち猫型獣人は頻繁に猫の姿になるわ。獣人はみんな十二、三歳くらいからそれを繰り返して、自分の意思で姿を変えられるようになるの。お前はまだできないようだけれど、そのうちできるようになるはずよ」

「そのうちって？」

「この姿になるのはね、自分の命を守るにも恋敵を蹴散らすにも、恋のお相手を追いかけるにも便利だからと言われているわ。私はもう意思に反して猫になることはないけどね」

「ちょっと待って。今、頭の中を整理するから。いや、その前に、さっさと人間に戻るにはどうしたらいいの？　コツがあったら教えてほしいんだ」

「コツねえ」

カルロッタさんが私をチラリと見て困ったように微笑んだ。

なんで困ってるの？　なんで私を見て困るの？

「そうだ、薬があるわ。古くなってるけど、効き目はあると思う。今、持ってくるわ」

カルロッタさんは従業員用の建物に戻り、すぐ引き返してきてガラスの小瓶を私に渡してくれた。

小瓶の中には丸薬が半分ほど入っている。

「これをあげるわ。私はもう必要としないのよ。あなたの体格なら、そうね、一回に三粒でいいと思う。それを噛み砕いて飲めば、そのうち人間に戻れるわ。薬を飲まなくても数日で人間の姿に戻れるけど」

「数日なんて絶対に無理だよ。俺は城勤めの文官なんだから」

「そうだったわね。とにかく、猫になるのは自然なこと。病気ではないから安心して。それと、その薬は常用してはダメ。害があるの。それでお嬢さん、お名前はなんておっしゃったかしら」

「マイです」

カルロッタさんは私に親しみを込めた笑顔を向けてくれた。

「この子は赤ん坊の時に一般人の両親に養子に出されて、獣人のことを何も知らないの。これからも何か困ることがあるかもしれません。その際はいつでも私に聞きに来てください。息子をどうぞよろしくお願いいたします」

「わかりました。頼りにさせてください。こちらこそよろしくお願いします」

「ヘンリー、可愛らしい方ね」

「うん」

なぜかヘンリーさんは視線を地面に向けて挙動不審だ。

「じゃ、同室の人が心配して見に来たら困るから母さんは戻るわ」

「ああ、わかったよ。最後にひとつ聞いていいかな。俺の本当の父さんは母さんがここで働いていることを知っているの？」

「知らないわ。『私を殺されたくないなら、捜さないで』と言ってあるもの。もうお帰り。ここにいたら誰かに見られる。来てくれてありがとう、ヘンリー、マイさん」

「おやすみなさい、母さん」

「おやすみなさい、カルロッタさん」

「そうそう、近いうちに人間の姿の時にまた来てくれる？」

「わかった。人間に戻ってから来るよ」

カルロッタさんと別れて帰途に就いた。街灯がないから通りはとても暗いが、ヘンリーさんが一緒だから心強い。

「お薬を貰(もら)えてよかったですね」

「え？　ええ、そうですね」

気の抜けたような返事をしながら私を見上げる瞳が、キラキラしていて美しい。

「お薬は今飲みますか？」

「あ、そうでした。今飲みます。三粒ください」

手のひらに丸薬を三粒出してヘンリーさんの口の前に差し出した。ヘンリーさんは口を開けたけれど、また閉じた。

「飲まないんですか？」

「その状態だとマイさんの手を舐めてしまいます。口の中に落としてもらえますか？」

「気にしなくていいのに」

「私は気にします。ではお願いします」

ヘンリーさんが大きな口を開けた。暗い中でも光る牙は見える。その口に思わず見とれた。鋭く長い牙がかっこいい。奥歯はギザギザだ。

「マイさん、見ていないで早く薬を落としてください。口を開けたままは間抜けです」

「ごめんなさい。はい、どうぞ」

丸薬を口に落とすとカポッと音を立てて口を閉じた。カリッ、コリッと丸薬を噛み砕いて飲み込んだ直後に「ギャッ」と叫んだ。全身の毛を逆立てていて尻尾も盛大に膨らんでいる。

「どうしました？　苦いの？　どこか痛いの？」

「大変だ。服を持ってきていないのに薬を飲んでしまった！　私としたことが！」

「ああっ！　そうでした！　私がうっかりしてました。じゃあ、戻れそうになったら私のコートをお貸ししますから」

「寒いのに申し訳ありません。なんでこんな単純な失敗をしたのか……」

「普段と違うのですから気にしないでください」

ヘンリーさんは落ち込んでいるのだろう。うなだれて歩いている。普段は沈着冷静なヘンリーさんがうっかり薬を飲んだのは、いっぱいいっぱいなのだろう。そもそも薬を勧めた私は何も考えていなかった。これ、私が悪い。

薬の効き目はゆっくりで、そんなに慌てる必要はなかった。暗い場所を選んで歩いて二十分くらいたった頃。猫ヘンリーさんが立ち止まった。

「全身がジリジリします。戻れるかも。マイさん、後ろを向いてもらえますか」

「あっ、はい！」

コートを脱いで猫ヘンリーさんにかけてから背中を向けた。

待っていると「もう大丈夫です」という声。振り向いたら、私のコートを着たヘンリーさんが裸足（はだし）で立っていた。袖の長さも着丈（きたけ）も全く足りていない。そしてなぜか両手で顔を覆っている。

「ヘンリーさん？　今度はどうしたの？」

「もう、何もかも恥ずかしくて情けなくて。こんな格好だし、やっていることが間抜けすぎて。普段なら絶対にこんな失敗をしないのに。マイさんに合わせる顔がないです。ずっとみっともないところばかり見せている」

むしろ私しか見ていないんだから、そこは気にしなくていいでしょうよ。

「気にしなくていいですって。とりあえず元に戻れてよかった。これでおうちに帰れますね」

「そ、そうですね。帰ります。寒いのにコートをお借りしてすみません。送りますから『隠れ家』まで急いで戻りましょう」

「送ってくれなくても……」

「送ります。それは譲れません」

立ち止まって言い合いしているのは寒くてたまらない。私が折れて歩きだした。

人通りがほとんどない道を早足で戻る。ヘンリーさんは裸足な上に膝上丈の女物のコート一枚だ。さぞかし寒かろうと気が揉める。

誰にも見とがめられることなく無事に『隠れ家』に戻った。私の服で着られそうなズボンを貸すと言ってもヘンリーさんは「これで十分」と言って頑なに断る。頑固だね！

「では風邪をひかないうちに急いでお屋敷に戻ってください」

「このお礼は必ずします」

「お礼はいいですって。早く帰って。あと、お礼を気にするなら私の前でも『俺』でお願いします。じゃ、おやすみなさい」

ヘンリーさんは小声でごにょごにょと何か言っていたけれど、薬を持たせて背中を押すようにして帰した。（風邪をひかないでね）と願いながら見送った。

幕間　インゴとエラのその後

「あなた、ヤギの乳を温めて」

「おう、わかったよ」

エラに言われてインゴが搾りたてのヤギの乳を鍋で温めた。

インゴとエラの夫婦が息子夫婦の家に引っ越して数ヶ月。二番目の孫はすくすくと育っている。嫁のリモーヌは休み休み家事をこなせるまでに回復したが、起きている間じゅう動き回る上の二歳児の世話をできる状態ではない。

エラが上の子のおむつが濡れていないか確認し、インゴは人肌に冷ましたヤギの乳を運んだ。リモーヌはヤギの乳を受け取ってスプーンでそっと赤子の口に運びながら頭を下げた。

「いつもすみません、お義父さんお義母さん」

「なんの。可愛い孫の世話ができて俺は楽しいよ」

「そうよリモーヌ。私だって孫たちから元気を貰って若返った気がするわ」

リモーヌは優しい義父母の言葉に胸が温かくなる。

畑仕事に家事全般、子育てもこなすとなると、五十過ぎの義父母にとって相当大変な労働のはずだ。だが夫の両親は嫌味など一度も言ったことがない。

世間では「嫁は使うもの、働かせるもの」と思っている人のほうが多いから、（自分はなんて恵まれているのだろう。いつか必ずこの恩を返さなくては）と思っている。

昼ご飯を食べにリモーヌの夫ギンズが戻ってきて、エラが野菜を混ぜた麦のお粥を温めた。大人四人と幼児一人で具だくさんの麦粥を食べていると、インゴが懐かしそうな表情で話を始めた。

「マイは石を投げて鳥を仕留めるのが得意だった。マイがいる間は毎日肉を食べられたんだよ」

「はあ？　あの貴族のお嬢様みたいな人がかい？」

「そうだよ。おそらくいいところのお嬢さんなんだろうけど、畑で見つけたときには骨と皮みたいに痩せていてね。そりゃあ気の毒な有様だったよ」

ギンズが「はて」という顔になった。

「いいところのお嬢さんが石を投げて鳥を狩れるなんて、おかしいだろ」

「あら、だって本当に道具なんて持っていなかったのよ。マイは鳥のさばき方も火のつけ方も知らなかった。井戸から水を汲むのさえ、最初は物珍しそうな顔をしていたわね。よほどの家で育てられたのでしょうに、あんなふうに追い出されて気の毒だった。気立てのいい娘さんだったの」

「そういえば」

インゴが思い出し笑いをしながら話を始めた。

「王都に出発するとき、きれいな石をくれたんだよ。『お世話になったお礼です』って。可愛いところがあるだろう？　今頃どこでどうしているか。元気でやっているといいがなあ」

「きれいな石ですか？　見てみたいです」

リモーヌがそう言うと、食事中のインゴが立ち上がり、自分たちの部屋からハンカチで包んだものを持ってきた。

「これだよ。マイの実家のある地方の石かもしれないね」

「まあ、きれい。こんなきれいな石があるんですねえ」

「俺にも見せてくれ」

ギンズはインゴから渡されたハンカチの中身を見た。大きさは微妙に違うが、球形の石が十粒。青、緑、赤が絡み合うように模様を描いている。窓際の明るい場所で見れば、石はいっそう美しい。

「これ、石じゃないだろ。いや、石といえば石だが、宝石じゃないかな。こんなに真ん丸できれいな石が、その辺に落ちているわけないって。職人の手で研磨してあると思う」

「宝石？　まさか。あの子は着の身着のままで倒れていたんだぞ？　おそらく何か不始末をして家を追い出されたのだろう。追い出した親だって、宝石を持たせるくらいならもっとましな荷物を持たせるはずだ」

インゴの言葉にエラがうなずき、リモーヌは赤子の口を拭くのに気を取られている。ギンズだけは（いや、これがただの石なものか）と納得できない。

「親父（おやじ）、こんどリモーヌの薬を買いに行くとき、これを借りていってもいいか？　ひとつだけでいい。古物商に見てもらってくるよ」

「好きにするといいさ」

週に数度、ギンズは近場の大きな街に出る。その日は野菜を売った帰りにリモーヌの薬を買うのだ。

数日後、野菜を売りに出たギンズは、大きな街の古物商に初めて入った。

「すみません、ちょっと見てもらいたいものがあるんですが」

「はいはい。お品物をどうぞ」

店主とギンズの間には、強盗に襲われるのを防ぐための木の柵が設けられている。ギンズは柵にある穴から木の皿に載せた丸い石を店主の方へと押し出した。

古物商の店主はモノクルを右目にはめると、じっくりと石を眺める。しばらく石をいろいろな角度から眺めてから、店主がギンズを見上げた。

「これをお売りになるのですね？」

「いや、それは親父のものなんで、今すぐ売るわけにはいかないんだ。いくらくらいになるかなと思って。忙しいときにすみません」

「そうですか。とても質のいいオパールですので、もしお売りになる際は、ぜひとも当店にお持ちください。そうですねぇ、このお品ならこれくらいで買い取らせていただきます」

店主は小さな紙に金額を書いて差し出す。

それはギンズが野菜を売って稼ぐ一年分の金額よりもはるかに大きい。ぎょっとするギンズ。

（焦っちゃだめだ。足元を見られてしまう）

じっとりと背中に汗をかきはじめたが、何気ない顔で戻されたオパールをハンカチに包んで胸ポケットにしまった。

「親父に相談してきます」

「承知しました。よろしくどうぞ」

ギンズは大急ぎで家に帰ると、鶏の世話をしているインゴに駆け寄った。

「親父、聞いて驚くなよ。やっぱりこの石は宝石だったぞ。オパールだと言われた。これ一個で俺の一年の稼ぎの二倍近い金額で買い取ってくれるそうだ」

「見てもらったのはそこ一軒だけかい？」

「そうだ」

「どうだろうなあ。そんなに高価なものなら、王都で見てもらったほうが間違いがないんじゃないかねえ」

「王都か。そうだな。一番小さいのであの値段なら、一番大きいのはいくらになるんだ？　親父、やっぱりあのお嬢さんはお貴族様のご令嬢だったんだな」

「だから最初からそう言っていたじゃないか」

ギンズは次にリモーヌのところへ走った。

「リモーヌ、親父たちが貰ったあの石、オパールだってよ。今日、古物商に見てもらったんだ」

「オパール？　宝石ってこと？」

「そうだ」

リモーヌは目の前に差し出された丸い石を眺めて少し考える。

「お義父さんとお義母さんがその女性を助けて、お礼に貰ったものでしょう？　あなた、勝手に売ったりしないわよね？」

「勝手には売らないけど。親父に了解を貰ってから売るつもりだ」

「売るかどうかはお義父さんとお義母さんが決めることよ。それ、あなたのものじゃないもの」

「いや、俺たちと一緒に暮らしているんだから……」

リモーヌはゆっくり首を横に振った。その腕には赤子が幸せそうな顔で眠っている。

「一緒に暮らしていても、お義父さんのものは私たちのものじゃないわ。私、具合が悪いときに助けてもらって毎日感謝をしているのに、そんなことはしないでよ。今だって暮らしていけないわけじゃないし。本当は私たちがお礼をすべきなのに、お義父さんたちが貰ったものを売って私たちが使うのは……どうなのかしら。私は気が引けるわ」

「まあ、そうだな。そう言われたら確かに俺も考えが足りなかったか」

その夜、リモーヌの言葉を伝えられたインゴは、ニコニコしながらテーブルの上でハンカチを広げた。

「大きいのから配ろう。それでいいさ。もともとは貰ったものだ」

インゴは大きいのから順番に四個を選んでギンズに渡す。それから自分たちが二個。残りは四個。

「お前たちの分はお前たちが好きにすればいい。残った四個は売って何かの時の備えにすればいいんじゃないか？」

「親父、なんだか悪いな」

「悪くなんかない。俺たちもこれで嬉しいんだ。それにしても、マイはいったいどんな家のお嬢さんだったのかなあ」

「なぜ放り出されたのかしらねえ。素直で働き者のいい子だったのに」

オパールはすぐに売られることはなかった。

「いざとなったらあのオパールがある」と思う心のゆとりは、ギンズを「いつでも売れるんだから、今はまだいい」という気持ちにした。

ある夜、エラはベッドの中でインゴに話しかけた。

「あなた、不思議よね。あんなに弱っていたマイが、宝石を持っていたなんて」

「俺もそれが不思議だよ。オパールを売れば、さっさと王都に行ってうちにいるよりずっといい暮らしができたろうに」

「神様が私たちをお試しになったのかもよ？」

「マイが神様の使いだって言いたいのかい？　そんなわけはないだろう」

「神様の使いじゃなくても、そういう巡り合わせを神様が運んでくれたのかもしれないわ。私たちが困っている娘さんに優しくできるかどうか、試されたのではないかしら」

「ふむ。そう言われると、そんな気もしてくるな」

しばらくして、もう眠ったのかと思っていたインゴの声が聞こえた。

「俺はお前が女房でよかった。強欲な女房だったら、俺があの子を連れ帰ってもさっさと追い出していただろう。それに、痩せて歩くのもつらそうだったマイを親身に面倒見たのはエラ、お前だ」

（腰痛持ちのくせに気を失っていたあの子を、必死の形相で連れ帰ったのは自分なのに。何を言っているのやら）

返事はしなかったが、エラは幸せな気持ちで微笑（ほほえ）んだ。

第四章　ポーション

カルロッタさんにお会いした日の夜中、熱が出た。風邪をひいたらしい。頭痛が酷いし、寒気と関節痛もある。

仕事は無理と判断して『隠れ家』のドアに再度『臨時休業』の貼り紙をした。熱はかなり高い気がする。寒い。湯たんぽが欲しい。

私があちらの世界で使っていた湯たんぽは電子式。電気がない世界だから作るのは無理だ。

結界を利用して湯たんぽを作ったけど、結界湯たんぽはぐにゃぐにゃで、コルク状の栓を作ってはめ込んでも口からお湯がジャージャー漏れた。結界には伸縮性があるものね。

鉄製の湯たんぽは？　と思ったものの、厨房にはパイの型に使って三分の一以下に減っている鉄鍋しかない。ダメ元で湯たんぽを作ったら、両手のひらに乗るようなミニサイズの湯たんぽができた。猫にも小さいわ！

「疲れた……」

立っているのもしんどいのに、私は何をやっているのだ。大人しく寝たほうがいい。すごく寒い。まだまだ熱が高くなりそう。鉄鍋で作ったフライパンや焼き型は、繰り返し熱したり油を引いたりして、こびりつかないよう手間暇かけて育てたものだから使いたくない。

諦めかけたところで陶器の湯たんぽはどうだ？　と思いついた。

最後の望みをかけてお皿を何枚もテーブルに置き、魔法をかけた。見覚えのある形の陶器の湯たんぽが二つ出来上がった。なんで二つ？

「腐るものでもないし」

鉄製の漏斗（じょうご）を作って熱湯を注ぎ入れた。鉄製の漏斗は三つ出来上がった。具合が悪くて魔力をコントロールできていないらしい。これも腐らないからいいことにした。

お湯を入れた湯たんぽをありあわせの布で包み、ハァハァ言いながら階段を上がる。陶器の湯たんぽは想像以上に重い。

「重い。重いよ」

どうにかベッドにたどり着いた。湯たんぽを抱えて丸まり、目を閉じる。柔らかい熱が伝わってくる。偶然の産物だけど、これはいい。

それにしても、こんなに熱を出したのは小学生の時以来だ。

唐突にお父さんの言葉を思い出した。風邪で寝込んでいる十歳の私の頭を撫（な）でながら、映画好きの父が話してくれた内容だ。

「軍の攻撃にびくともしなかった宇宙人が負けたのは、地球にいるウイルスだったんだ。マイは負けないから大丈夫。すぐに治るよ」

私にはこの世界のウイルスに免疫がなかったのかも。逆に私がこの世界になにかの病気を持ち込んでいないことを祈る。

お母さんはよく「お前は赤ん坊の頃から病気をしない子だった」と言っていた。

丈夫な体に産んでくれてありがとうお母さん。私は久しぶりに熱を出しています。解熱剤を変換魔法で作り出したいけど、解熱剤がなにでできているのか全く知らないからイメージできない。

食べ物だけは売るほどあるから、それだけでもありがたい。湯たんぽを抱えたまま震えが治まるのを待った。孤独死という言葉が頭をよぎる。せっかく生き延びさせてもらったのに。死にたくない。心細い。おばあちゃんと夜太郎に会いたくてグスグス泣いた。

「喉が渇いた」

でももう階段の上り下りをしたくない。そうだ、魔法で出せばいいじゃないか。なんでこんなことをすぐ思いつかなかったんだ。仰向けになり、大きく口を開けて指先を口に入れた。冷たい水をイメージして魔力を指先に流した。

「ゴアッハアァッ！」

バケツで汲んだくらいの量の水が口の中に出現した。違う理由で死ぬかと思った。

「失敗したわ。ベッドも寝間着も髪もびしょびしょだ。もうやだ。冷たいよ」

超小型台風から温風を出してベッドを乾かす？　ちょっと待って。よく考えよう。水の量だけじゃない。湯たんぽと漏斗も多く出来上がった。温風を出すつもりで火炎放射器みたいなことにならない？　この家、木造だよ？

「店の暖炉の前で横になろう」

濡れた服を脱ぎ、ガタガタ震えながら別の寝間着に着替えた。

毛布をズルズルと引きずって階段を下りる。火魔法を使うのが怖いから、着火用の金属棒とザラの金属板で火をつける。万が一の時のために作り置きしてある細かい木くずに火がついた。その火が消えないうちに藁を足し、細めの薪も足した。この作業に慣れていてよかった。

火のつけ方を教えてくれたエラさんとインゴさんありがとう。

ゼイゼイと息荒く暖炉の前で座り込む。毛布は最近魔法で作り出した二枚合わせの分厚いものだ。普段ならぬくぬくなのに、体の中から寒い。だるくて頭が痛くて、呻いているうちに眠った。

少しして目が覚めた。うるさい音のせいだ。休業の貼り紙をしてあるのに、誰かがドアを叩いている。

ガンガンとしつこく叩いているけど、いいや。そのうち諦めるだろう。私は毛布にくるまったまま、暖炉の前から動かなかった。

「マイさん！　マイさん！」

うん？　あの声は。

痛む頭を動かして窓を見ると、カーテンのすきまからヘンリーさんがこちらを見ている。いつも通りの文官用の制服だ。よかった、仕事に戻れたんだ。そこまで思ってまた眠ろうとしたら再びドアを叩かれた。

仕方なく呻きながらノロノロと歩いてドアを開ける。

「よかった。生きていた！　床に倒れているから驚きました」

「風邪をひいたのでお店はお休みです」

「俺にコートを貸したせいですね。なんてお詫びをしたらいいのか。顔が赤い。熱は？」

「熱、あると思います。それと、風邪はヘンリーさんのせいじゃありません」

ヘンリーさんが私の額に手を当てた。大きな手が冷たくて気持ちがいい。風邪の原因はそこらじゅうにいるウイルスですから。あなたのせいじゃないのよ。

「こんなに熱があるのに、なんで床で寝ているんです？」

「ベッドにお水をこぼしちゃって。でも大丈夫。ここで寝ていれば治ります」

「そんな……」

ヘンリーさんは毛布をギュッギュッと私に巻き付け直すと、何か考え込んでいる。

「本当にもう大丈夫ですから。お昼を食べに行ってください」

「この状況が大丈夫じゃないことは明白です。少し待っていてください。ドアの鍵は？」

「厨房の壁にかかっています」

「買い物に行ってきます。僕が外から鍵をかけますから、ベッドで……ああ、濡れているんでしたね。ではこのまま暖炉の前で寝ていてください。すぐに戻ります」

面倒見がいい人ね。

薪を足し、またウトウトした。カチャリと鍵が開く音とドアベルの音がして、大きな荷物を抱えたヘンリーさんが入ってきた。抱えていたのは毛布だ。それをたたんで床に敷き、「寝てください」という。私が横になると、体に巻き付けていた毛布を上からかけ直してくれた。

「味が気に入らないかもしれませんが、玉ねぎスープを買ってきました。飲めますか？」

「喉が痛くて無理かな」

「熱を出したときは水分をとらないと危険です。玉ねぎは食べなくてもいいので、汁だけでも」

水筒も買ったらしい。水筒からスープをカップに移し、私を起こして背中を支えてくれる。頭が痛いし、やたら目が眩しい。しんどくて目を閉じていたら、口にスプーンが触れた。

「目を開けるのがつらかったら、そのままでいいです。口を開けて。少しでも飲んで」

「はい」

汁が喉にしみて痛い。痛いけど、体が温かいスープを要求している気がした。飲ませてもらって、カップ一杯のスープを飲み干した。

「お代わりできますか？」

「ううん」

目を閉じたまま返事をしたら、そっと横たわらせてくれた。薄く目を開けると、ヘンリーさんが眉間にシワを作って私を見ている。

「ヘンリーさん、お昼は？」

「そう言うと思って、俺の分はパンを買ってきました。お茶を飲みますか？」

「ううん」

私が「お礼に『俺』を使ってほしい」とお願いしたからだろう。今までずっと「私」と言っていたのに、「俺」と言っている。ほんと、律義な人だ。ああ、気分が悪い。頭が痛い。そしてドロドロに眠い。

いつの間にか眠って、目が覚めたらヘンリーさんが近くに座って私を見ていた。

「目が覚めましたね。汗をかいているから着替えたほうがいいのですが、どうしましょうか。二階まで俺が抱えて運びましょうか。俺がタンスを開けるのはお嫌でしょう？　それとも服を買ってきましょうか？」

「買わなくていいです。ヘンリーさん、お仕事は？」

「早退しました。今回はちゃんと連絡したので問題ありません」

ヘンリーさんがドヤ顔をしている……ような気がする。

「お仕事を休ませてごめんなさい。でもありがとう」

「困ったときはお互い様、でしょ？」

仕事を休ませたのは申し訳ないけど、そばにいてくれるのは本当に心強い。具合が悪すぎて。こちらの世界に来る直前のことを生々しく思い出してしまうんだもの。

汗で湿っている服を着替えるため、ヘンリーさんの肩を借りて階段を上がった。ゼイゼイ言いながら階段を上っていたら、ヘンリーさんが話しかけてきた。

「恋人はこの状態を知っているんですか？」

「……はえ？」

「たぶん知らないんですよね？　私が看病して、マイさんがあらぬ疑いをかけられたら言ってください。俺がなにもありませんって証言しますから」

「……はえ？」

ごめん、恋人って誰の？　今は、しゃべるのもしんどいんですけど。ややこしい話は後にしてほしい！

ヘンリーさんは苦笑して「今は無理そうだ」と言って黙ってしまった。

寝室の前で待ってもらって、ノロノロと着替える。これが私一人なら、汗で湿った寝間着のまま震えながら寝てるところだった。

「もう大丈夫。風邪がうつるから」

「半獣人の頑丈さをなめないでください。そんなに苦しそうなときに俺の心配なんてしなくていいです。寝てください」

「うん」

また店の暖炉の前で眠ることにした。

敷いてある毛布のシワをヘンリーさんが丁寧に伸ばし、甲斐甲斐しく寝床を作ってくれる。また横になってウトウトしていると、窓ガラスをバンバンと叩く音がした。窓を見ると、キリアス君がカーテンのすきまからこちらを覗いていた。

「あのすきまは塞いでおくべきでした。わかったから！　そんなに強くガラスを叩くな。割れてしまうじゃないか」

ヘンリーさんはしなやかな動きでドアに向かった。

ヘンリーさんが初めて聞くような怖い声を出してキリアス君を注意している。

「キリアス君、ドアの貼り紙が見えないのか？　臨時休業なんだよ。休業している店の窓をバンバン叩くのは、常識的にどうなんだろうな？　マイさんは風邪をひいてお休みしているんだ」

「貼り紙は見たよ。でもヘンリーさんもいるじゃないか。ヘンリーさんはどうやって店に入ったの？」

同じように店内を覗いたヘンリーさんがグッと詰まった。キリアス君は頭も口もよく回る。

「なぁんだ、ヘンリーさんもカーテンのすきまから覗いたんだね？　それはまあいいや。あのね、工事のことで確認したいことがある。他の文官に聞いたら今日は早退だって言われたからさ、もしかしてここじゃないかなと思って」

「工事のこととは？」

「橋桁（はしげた）の交換工事に、土魔法が得意な魔法使いを出すようにって、ヘンリーさんが言ったでしょ？　土魔法の一番の使い手が、田舎に戻っているんだよ。一人暮らしの母親が大怪我（おおけが）したから様子を見に行きたいって理由。さすがに『行くな』とは言えなかった。ポーションを持っていったからそれで治れば早く帰ってくると思うけど、実家が遠いからすぐには戻ってこられないんだ」

「それはまあ、そうですね」

ヘンリーさんがトーンダウンした。

「土魔法が苦手な魔法使いを使って、何かあったら逆に厄介か」

「でしょう？　どうしたらいいか相談したかったんだ。僕は明日から他の現場で手一杯だし」

「では魔法使いなしで計画を練り直します」

「そうして。それで、マイさんの具合はどうなの？」

「熱が高い」

「なんだよ、早く言ってよ。魔法部からポーションを持ってくるよ」

「ポーションは管理が厳しいでしょう。勝手に持ち出せないはずです」

「一本分くらい、別の容器に入れればわからないよ」

話が不穏だ。貴重な品をちょろまかすという意味ならやめてほしい。バウムクーヘンの端っこを貰(もら)ってくるのとはわけが違うんだから。

「マイさんに迷惑がかかるようなことはやめてくれ」

「大丈夫だって」

「キリアス、やめろ」

ヘンリーさんは不器用なタイプと思っていたけれど、声の出し方は器用だった。キリアス君がヘンリーさんの怖い声に気圧(けお)されて黙り込んだ。

「キリアスさん、ポーションは結構です。私はもう、眠ります」

「わかりました。じゃあ僕は戻りますね。お大事に。ヘンリーさんはどうするの？」

「残る」

「ふうん。マイさん、すごく顔色が悪いもんね。じゃ、お大事に」

ヘンリーさんがキリアス君を見送り、カーテンのすきまをきっちり閉めてから戻ってきた。濡らした布を額に当ててくれて、頭痛が少し楽になった。

次に目が覚めたらもう、外は真っ暗だった。暖炉には薪が足されていて、暖炉の隅に置いてあるヤカンがシュンシュンと音を立てている。ヘンリーさんはテーブルに突っ伏して眠っていた。いつも疲れているものね。

風邪の峠は越したらしく、頭痛はかなりまし。関節痛と気持ち悪さも少し楽。そっと起き上がり、ロウソクに火をつけた。あちこちに置いてあるロウソク全部に火をつけていたら、ヘンリーさんが目を覚ました。

「動いて大丈夫ですか」

「ええ。だいぶ楽になりました」

「マイさん、食欲は？」

「お米のお粥が食べたいかな。今作るので、ヘンリーさんも一緒にいかがです？」

「教えてくれたら俺が作ります」

いつもなら「いえ、大丈夫」と言うところだけれど、（今日だけ、甘えてもいいかな）と思う。お粥を作る間、ずっと立っていられる自信がない。座って作っていたらヘンリーさんはまた心配するだろう。

「お願いしてもいいですか？」

「もちろんです。そこに座って指示してください」

毛布にくるまったまま椅子に座り、米の研ぎ方から説明する。不慣れな手つきでお米を研いでいるヘンリーさんを見ていたら、胸が詰まって慌てた。お米を研いでいる人の姿は家族を連想させるのだと気づいたよ。

両親が交通事故で早くに亡くなり、自分は病気になってこの世界へ一人で送られた。私の人生は家族との縁が薄い。

もう悲しみたくないから、この世界ではみんなに優しくして、だけど誰とも深い付き合いはしないと決めている。そして一日一回誰かを笑顔にできたら十分だ。

ピリオドを打たれるはずだった人生を、私はまだ生きている。助けられたこの命を、明るく楽しく、そして誰かの笑顔のために使いたい。泣いて暮らして人生を無駄にしたくない。

なのにこんなに優しくされると頼りたくなってしまう。ヘンリーさんがいつまで私の前にいるのかなんて誰にも、ヘンリーさん自身にもわからないことなのにね。

大切な存在を失うのは体を引き裂かれるように苦しい。もう一度あの苦しみを味わったら、また立ち直って歩きだせるかどうか自信がない。だから私は……。

「マイさん？　どうかしましたか？」

「どうもしません。体力を過信していたことを反省しているところです」

「俺もやたら体が丈夫で、子供の頃も熱を出したのは一回ぐらいです。そのせいか、つい無理をしてしまう」

「いつもお疲れですものね」

鍋がフツフツと音を立て始めた。

「薪をずらして火を弱くしてください。一本だけで十分です」

「こんな感じですか？」

「はい」

少しの沈黙の後、ヘンリーさんが鍋を見たまま話しだした。

「俺、いつも疲れているように見えますか」

「気に障ったならごめんなさい。私にはそう見えます。きっと山のように仕事を抱えて、手を抜くこともなく猛烈に働いているんだろうなって、勝手に想像していました」

「そうですか……」

「ヘンリーさん、話は変わりますが、聞きたいことがあります。私がおばあちゃんに魔法の知識と魔力を貰ったと言ったのに、ヘンリーさんは『魔法が使えるのか』って聞かないんですね」

「そりゃあ……ああ、そうか。マイさんはこの世界のことに詳しいわけではないのですね」

「なんのこと?」

「魔力を持って生まれてくる人はそこそこいるんです。でも、魔法使いになれるほどの魔力を持っている人はとても少ない。だから、『魔法が使えるのか?』と聞くのは、相手によってはとても癇に障る質問になるんですよ」

「ふうん」

「魔力持ちは子供の頃から大切にされますが、魔法使いになれるほどの魔力を持つ人は、ひと握り以下です。結構魔力があっても魔法を上手く使えない人もいる。城の魔法部は今、九人しかいません。それだけの狭き門です。中途半端に魔力を持っていることで優越感と劣等感の両方を抱えている人はわりといるんです」

「特別な能力を持っているがゆえの苦しみ、ということですか？」

「そうです」

近所の幼なじみの顔を思い出した。

八枝ちゃんはピアノがすごく上手かった。小さいときからいろんなコンクールで優勝して、音大まで進んだけど。

「上には上がいることを思い知らされたわ。日本中から天才と呼ばれる人たちが集まっている中で見たら、私なんか普通だった。勘違いしていたわ。子供の頃からピアノのために全てを犠牲にしてきたけれど、本当の天才の足元にも及ばない。どんなに努力しても、努力だけじゃ越えられない壁があったの」

そう言って八枝ちゃんは音大卒業後、二度とピアノを弾かなくなった。「レッスン代を払ってくれた親に申し訳なくて、一生頭が上がらない」と言っていた。

八枝ちゃんは「プロのサッカー選手、野球選手たちも同じだと思う。二軍にいて脚光を浴びないで終わる人たちだって、きっと地元じゃヒーローだったはずよ」とも言っていた。

やがてお粥が炊けた。私は岩塩を削って振りかけただけ。ヘンリーさんには常備菜の肉そぼろを一緒に食べてもらうことにした。

「それは私が自分用に作り置きしておいたもので、肉を細かく叩いて甘辛い味にしたものです。見た目は地味ですけど美味しいですよ」

「楽しみです」

ヘンリーさんは猫舌なのでゆっくり少しずつ食べている。私は口の中を火傷しそうなアツアツのお粥を食べた。熱いお粥は体の中から温めてくれるし、心まで元気になる。

食べている間にヘンリーさんが淡々と話をしてくれた。

「俺は養子だし、半獣人でしょ。ずっと他の人に負けたくないと思ってきました。俺が半獣人だと知られたときに『ああ、やっぱりな』とは誰にも言わせたくないんです。俺が疲れて見えるなら、能力以上の無理をしているのかもしれませんね」

「若いから続けられるのでしょうけど、やっぱり無理は禁物です。体が壊れたら、若くても治らないこともありますから」

あちらの世界の最先端の医療でも、無理なものは無理だった。

「私ね、この世界では笑って暮らしたいし、ほんの少しでいいから誰かの役に立ちたいんです。といっても今日はすっかりヘンリーさんのお手を煩わせてしまいましたけど」

「これは俺がやりたくてやっているんです。この肉はお粥が進みますね。美味しいです」

「ショウガをたっぷり使うのがコツです。ゴマも歯ごたえが楽しいでしょう？」

「はい」

もうモフらせてもらうことはないのかな。

美味しそうにお粥を食べているヘンリーさんの黒髪を見て（もう一度だけ猫ヘンリーさんを撫でたかったな）と思いながらお粥を食べた。

ヘンリーさんは何度も私の熱を確かめてから「眠ってくださいね」と念を押して帰った。

私は暖炉の前でぬくぬくと毛布にくるまって眠り、のどが渇いたら水を飲んだり果物のジュースを飲んだりして過ごした。

夜の九回の鐘の音が聞こえた頃には、だいぶ楽になっていた。白湯(さゆ)を飲んでいたらドアをノックする音。ドアを開けるとキリアス君が立っていた。

「遅くにごめんね」

「中へどうぞ。どうしました？」

「これを持ってきた」

キリアス君がポケットから出したのは、円筒形のガラスの容器。中には透明感のあるきれいな緑色の液体が入っている。

「これは管理が厳しいというアレですか？　だとしたらお気持ちだけで」

「そう言うだろうと思って、ちゃんと正規のルートで買ってきた。嘘(うそ)はついてない。僕たち魔法部にはほんの少しだけ優先枠があるんだ」

「昼間もそう言ってくれたらヘンリーさんが怒らなかったのに」

「手続きにとにかく時間がかかるんだよ。あの後すぐに申請して、何度も急(せ)かしてやっと今だよ。ポーションは飲むのが早ければ早いほど効くのにさ」

キリアス君はポーションの管理システムに不満がある様子。

「じゃあ、お金を払います。いただくわけには」

「質問。ヘンリーさんが仕事を休んで看病するのはよくて、僕がお見舞いのポーション渡すのはなんでだめなの？　ヘンリーさんとは特別な関係ってこと？」

「違います」

「じゃあ、これはお見舞い。それと、いつも美味しい食事を作ってくれる感謝の気持ちだ」

しばし互いの目を見つめ合い、根負けしたのは私。キリアス君にグイッとポーションを差し出されて、受け取った。

「ありがたく頂きます」

「うん。そうして」

「これ、材料は秘密ですか？」

「全然。重要なのは魔力だから。材料は流通している薬草と、水魔法で出した水」

「薬草の名前を聞いてもいいですか？」

「いいよ。星鳴り草（そう）、毒消し草（そう）、龍眼草（りゅうがんそう）、青水面草（あおみなもぐさ）、黒葉草（くろはそう）、三角草（さんかくそう）。この六つ。六種類の比率は薬草の状態によるかな。そこは経験」

キリアス君はスラスラと六種類の薬草の名前をあげた。おばあちゃんの知識と同じだったが、それらを市場で見たことがない。

「それでぶり返さず完治するよ。明日は営業する？」

「いえ、明後日（あさって）からにします」

「明後日の日替わりは決まってる？」

「お見舞いのお礼にキリアスさんのリクエストを受け付けましょうか？」

「いいの？　じゃあ、トマト味じゃない麺を食べてみたい。種類がたくさんあるって前に言っていたよね？　海の幸の麺がいい。作れる？」

胸をポンと叩いてみせた。

「お任せください。美味しいのを作ります」

「楽しみ」

「ポーションのことでもう少し教えていただきたいことがあります。私、田舎育ちで知らないことばかりなもので」

「いいよ。なに？」

キリアス君に椅子を勧め、私も座って話を始めた。ポーションの管理が厳しいと聞いたときに記憶を探ったけど、おばあちゃんの知識にはそんな話は全然なかった。

「ポーションはなんでそんなに管理が厳しいのですか？」

「理由はいくつかある。城の魔法部が作るポーションは軍や医療部に納められる。命に関わる状況で使われるから、大切に管理されているんだよ」

「市販されていないんですか？」

「市販品もあるけど、あれは気休め程度しか効果がない。強い魔力を注がないと確かな効果が出ないんだ。ポーションは作るときにかなり魔力を使う。僕だって作りすぎれば倒れるし、下手するとしばらく使いものにならなくなる」

「そんなに……」

確かな効果のポーションは、限られた人しか飲めないわけか。

「ほら、今の陛下が第三王子だった頃、上のお二人が立て続けに流行り病で亡くなったでしょ？　あの時、諸事情でポーションの質が悪かったらしいんだよね。それ以降、城で作られるポーションは、質も数もかなり厳しく管理されている」

そういう背景があったのか。年代的におばあちゃんが知らないはずだ。

キリアス君が帰ってからポーションを眺める。私がポーションを変換魔法で作るのは、ルール違反になるのだろうか。でも、お金がないけれどポーションがあれば治るって人に渡す分には、国に損失は与えない……はず。

ただ、私が作るポーションがどれほどの品質か、私にどれだけの魔力があるのか、わからないからねえ。

日本で流通していた薬は作れそうもないから、せめてポーションを作りたい。私のポーションでちょこっとでいいから、この世界の誰かの役に立ちたい。

貰ったポーションを飲んだ。味を覚えないとね。色の確認のために少し残して飲んだ。

あれ？　これ、青汁の味だ。それも昔の不味い青汁。よし、味は覚えた。体調を整えるために早く眠ろう。

翌朝、体調はすっかり回復。ポーション作りに問題なし。スッキリ治ったのはポーションと免疫のおかげかな。お客さんに風邪をうつしたくないから、今日一日は休む。これ、飲食店経営者の心得よ。

昼間の暖かいうちにポーション用の薬草も買ってこよう。

コートを着込み、体の周囲に結界を張って市場に向かった。煙突付き結界を張って歩くと、寒さは全く感じない。ステルス防犯ウエアは病み上がりの体に優しい。

野菜のお店でポーション用の薬草を見かけたことがない。買い物がてらお店で聞いてみた。

「星鳴り草と毒消し草はどこに行けば買えますかね？」

「薬草なら市場の北の端にあるオルタ薬草店だよ」

「ありがとうございます。あ、乾燥唐辛子をカップ一杯お願いします」

自作の木製キャリーケースは整備されていない路面でも埋もれないよう、鉄製の車輪が大きい。それを引っ張りながら歩いていると「なんだ？」という目で見られる。そのうちこれを見慣れてくれることを願うよ。真似(まね)してもらえると嬉(うれ)しい。王都の人々は、大荷物を背負うか荷車に積んで引くのが普通だけど、キャリーケースは小回りが利くし重いものを運んでも体に優しいよ。

オルタ薬草店は看板が小さく、窓は白いカーテンが引かれていて中が全く見えない。白いカーテンは日除(ひよ)けかも。

カウンターの中にいたのは五十代くらいの男性と三十歳くらいの男性。二人とも真っ白なエプロンをしている。顔立ちが似ているから親子かな。

「こんにちは。星鳴り草、毒消し草、龍眼草、青水面草、黒葉草、三角草をください」

「ああ、ポーション用ですね。量はどのくらいお求めですか？」

「お値段にもよるのですが、それぞれおいくらですか？」

年長の男性が価格表を差し出した。そう高価ではない。生と乾燥があって、生は時価で『生の販売は冬季を除く』だ。ポーション以外にも家庭薬として単体で普段使いされてるらしい。それぞれの薬草名の隣に咳止め、血止め、痛み止め、傷の化膿予防などの効能が書いてある。

キリアス君は市販品のポーションを気休めだと言っていたけど、効き目は弱くてもないよりましってところか。

ポーションを作るには練習が必要だろうから、多めに買っておこう。

「では六種類を十束ずつお願いします」

代金を支払い、キャリーケースに薬草の大きな包みを載せて帰った。ポーションを作るなんて、本物の魔法使いっぽくてワクワクする。

「まずは熱湯消毒ね」

ワインの空き瓶を寸胴鍋に入れて煮た。

トングで取り出した瓶に水魔法で水を入れ、水を入れた瓶と薬草をテーブルに並べて変換魔法を放つ。おばあちゃんの知識に従って作ったら、瓶の中の水がどんどん緑色に変わっていく。乾燥していた薬草は、全部粉々になって、最後は微粉末になった。

「味見しよ」

味はキリアス君のと同じ。美味しくない青汁の味。問題は私の体調が良好だから、これにどれほどの効果があるのか確かめられないことだ。

「そういえば……」

あちらにいるとき、私の病気が発覚するとおばあちゃんは毎日二回、自作の青汁を作って飲ませてくれた。変換魔法で日本の野草を薬草に変えてポーションを作っていた可能性、ある。もしあれがポーションなら、末期の病にはほとんど効果がなかったということになる。

そもそも全ての病気を消し去るほどの効果があったら、この世界の高位貴族は百歳以上まで生きているだろう。今度ヘンリーさんに王族の平均寿命は何歳なのか聞いてみよう。

「いや、待って」

全ての病を治せるようなポーションなら、値段だって途方もないものになるはず。飲食店の店主に見舞いの品として持ってくるはずがない。やはりお値段もそこそこ、効果もそこそこなのではないかな。

ポーション入りの瓶にコルク栓を軽く差し込んでから風魔法で中の空気を少し抜いた。するとコルク栓が自分からギュッと詰まる。いい感じ。陰圧にしておくと腐敗しにくいって、密閉容器のテレビコマーシャルで見たことある。

ワインの瓶五本分のポーションができた。一本で七、八回分くらいかな。合計で四十人分弱。具合の悪い人がいたら、こっそりポーションを飲ませてあげたいけど、私のポーションの効き目はどれぐらいあるのだろう。飲んでもらうときはなんて言って差し出せばいいかなあ。

翌日の日替わりでシーフードのオイルパスタを出したら、キリアス君はとても喜んでくれた。


マイの看病から帰った日の夜。ヘンリーは一人の男性を思い出していた。

五歳の時、流行り病に罹患して高熱を出した結果、猫の姿になった。熱は続き姿は戻らず、心配したハウラー子爵が八方手を尽くしてとある獣医師を探し出した。それがゴンザ医師だ。

子爵家に招かれたゴンザはヘンリーの全身を触り、口の中と目を覗き込んでから断言した。

「風邪です。猫になったのは、具合の悪さで体が命の危険を感じたからでしょう。獣人の子が獣の姿になるのは病気ではないので、熱が下がれば人間の姿に戻ります」

安堵したハウラー子爵が男にかなり多めに診察代を渡しながら「この子のことは決して誰にも言ってはならない」と、普段の温厚さからは想像もつかない鋭い眼差しでゴンザに釘を刺した。ゴンザは「もちろんです」とだけ返事をして、子爵家になぜ獣人の子がいるのかを問うことなく帰った。

(貰った薬の残りが心細い。ゴンザ医師なら、あの薬を作れるかもしれない。もしくは猫にならない方法を知っているのではないか)

後日、実母に薬を売ってくれる店を尋ねたが、母カルロッタは「あの薬は貰ったもので、くれた人はもうこの国にいない」と言う。困ったヘンリーは養父にゴンザの居場所を尋ねた。

「父上、あの時の獣医師の居場所を教えてください。猫にならずに済む方法がないか、尋ねたいのです」

「あれからもう二十年だ。あまり期待をせずに行ってみるといい」

教わった住所は王都のすぐ隣の村だった。次の休みに訪問すると決めてベッドに横たわる。カーテンを閉め忘れたが、夜空を眺めながら眠るのもいいかとそのまま寝ることにした。

夜空には見慣れない明るい星がひとつ光っている。数十年に一度巡ってくるほうき星だ。昔は凶事を招くと恐れられたらしいが、天文学者が周期を解明してからはそんな迷信は消えた。

「あれが最も近づくのは四月だったな。マイさんと一緒に観(み)たいが無理か。マイさんには春待ち祭りを一緒に過ごす恋人がいるんだし。でも、彼女は結婚しているわけじゃないからなんとか……」

諦めの悪い自分を冷ややかに笑う気持ちと、そんな自分も悪くないと思う気持ちが半々だ。

文官の同僚が「猫は一度狙った獲物を諦めないんだよなあ。うちで飼っている小鳥を毎日狙いに来る猫がいる」とこぼしていたのを思い出して苦笑してしまう。

翌日、城で仕事しているとキリアスがやってきた。

「橋桁(はしげた)工事なら、魔法使い抜きでやることに決めたが」

「そのことじゃない。ポーションの入れ替え時期だから今月中にポーションを作って納品しろって言われたでしょ？　四百本全部入れ替えろと言われたけど、二百本ずつの分割で納めてもいいかな？　今、他の仕事も引き受けているから、九人で四百本はきついんだ」

「では、私ではなくて軍に直接交渉してもらえるかな。私を間に挟むより、そのほうが話が早い」

「嫌だよ。軍のおじさんたちは四百本揃(そろ)えて納品しろって言うに決まってるもん。一度に四百本使うわけじゃないのにさ。ヘンリーさんが軍部に交渉してくれないかな」

ヘンリーは返事をしないままキリアスを眺めた。

いきなり魔法部のリーダーを任されて、若いキリアスが苦労していることは知っている。軍部の責任者が慣例に従い、要求した数を揃えて納品しろと言うだろうことも想像がつく。

作られてから半年を経たポーションは入れ替えられ、古いものは城内で売り出される。城勤めの人間の大きな特権だ。貴重な品なので、半年に一度売り出されるポーションは大変な人気だ。中にはそれを市中で転売する者もいるらしい。

「わかった。約束はできないが、なるべく分割で納品できるように交渉してみる。その代わりと言ってはなんだが、教えてほしいことがある。ちょっとこっちへ」

大部屋を出て廊下の端まで歩いた。

「こんなところまで連れてきて聞きたいことって何？」

「魔法のことなんだ。魔力を他人に与えることって、できるものか？」

「ごく稀に条件が合えばできるね。まず与える側がその高い技術を持っていること。次に相手が魔力を受け入れて定着させられる体であること。そして二人が近しい血縁者であること」

「かなり限られるな」

「うん。赤の他人に自分の魔力を注いで定着させるのは無理だ。なんでそんなことを知りたいの？」

「そんな小説を読んだものだから」

「ああ、魔法使いを主人公にした小説が人気らしいもんね」

ヘンリーはそんな小説のことは知らなかったが、話を合わせることにした

「そう、その小説のことだ。それともうひとつ聞きたい。魔導具を使わずに誰かを遠くに送ることは可能か？」

「理論上はできるけど、僕が知る限り成功した人はいないよ。だから個人の能力に頼るのはやめて魔導具を開発しようってことになったんだから。リーズリー氏の師匠グリド氏は、昔それを研究して、その途中で恋人を死なせたって話、知らない？」

マイから聞いた話を確認しようとしたら、とんでもない話に出くわした。

「だいぶ前に父からそんな話を聞いたことはある。興味を持って調べたが、どこにもそんな記録はなかった。ただの噂だろう？」

「遺体が見つからなかったから公式な記録はないんだよ。でも、魔法使いの間では有名な話だ。五十年か六十年前の話。グリド氏がまだ若い頃に、自分の恋人を実験台にして瞬間移動魔法を試したんだ。行き先はすぐ近くの見える場所だったのに、恋人は消えて二度と見つからなかった」

「人体実験したのか」

「そう。リーズリー氏ものちに噂を聞いただけらしいけど、当時『グリド氏が瞬間移動魔法に失敗して恋人を深い土の中か海の底に飛ばした』って噂が広まったらしいよ。もっと酷いのは『自分より能力で優っていた彼女を妬んで、わざと失敗したんじゃないか』って噂もあったらしい。とにかくそれ以降、瞬間移動魔法を個人で試すのは禁忌ってのが魔法使いの暗黙の了解だね」

「グリド氏って……」

常軌を逸していると言いかけてやめた。グリド氏はリーズリー氏の師匠だから、キリアスから見れば大師匠である。

キリアスが「ふっ」と苦笑した。

「言いたいことはわかる。大師匠のグリド氏が恋人を実験台にしたことも、師匠のリーズリー氏が瞬間移動の魔導具と共に姿を消したことも、なかなかのクズっぷりだ。それは認める。ただ、僕は二人の気持ちもわかるんだ」

「ほう？」

「体力、気力、魔力の三つが同時に絶好調なときって、なかなかない。そんなときは『今試さないでいつ試すんだ』って思ってしまうんだよ。魔法を極めようと思っている人間なら誰でも思うことじゃないかな。研究馬鹿と言われれば『そうだね』としか言えないけど」

「体力、気力、魔力か」

「少なくとも僕はそうだ。だからリーズリー氏が黙って姿を消したことは腹立たしいけど、あの人を心の底から軽蔑することができない。子供の頃からずっと指導を受けてきたし可愛(かわい)がってもらったのもある」

いつも過剰に元気で明るいキリアスが、遠くを見るような目をしている。

「その消えた恋人の名前を知っているか？」

「消えた女性の名前は……ええと、ごめん、リーズリー氏から聞いたことがあるはずだけど、思い出せないいな」

「そうか」

ヘンリーは毎晩のように城の書庫でマイの祖母リヨに当てはまりそうな女性を探していた。

高魔力保有者の記録があるのは知っていたから、マイの話を聞いたときに記録簿のことを言いかけたが、やめてよかった。記録簿を探した結果、一人だけ該当する少女をすでに見つけている。記録から計算すると、その少女は現在七十八歳。マイの祖母リヨと同じ年齢だ。

その少女はオーブ村出身で農民の娘。生まれつき高い魔力を持っていたために村長が領主に届け出たのだ。しかしその少女は七歳で姿を消す。親は「娘は病死した」と答えたそうだが、備考欄には『売られた可能性あり』とあった。

成人して国のお抱え魔法使いになるのを親が待てず、目先の金欲しさで売られたのかもしれないし、七歳なら本当に病死した可能性もある。売られたのだとしたら、高魔力持ちの子が貧しい家に生まれた場合の典型みたいな話だった。

少女の名前はヘラー。リヨとは全く違う名前だが、もしこっそり売られたのなら名前を変えているだろう。ヘラーの名前はその後、どの記録にも出てこない。

ヘンリーは（こんなあやふやな情報をマイさんに聞かせても意味がない。そもそも彼女は祖母の出身を知りたがっているわけじゃないようだし）と胸に納めて他の情報を探していた。なぜ自分がこんなに熱心に調べているのかはわかっている。

『酒場ロミ』で出会って家まで送ったとき、マイは「夜に家で一人きりでいるのが少し苦手なんです」と言っていた。そのマイの言葉が忘れられないのだ。マイはいつも明るく笑っているが、本当は孤独に苦しんでいるのではないか。

ヘンリーはマイに「あなたはこの世界で独りぼっちなのではない。おばあさんの故郷に、縁のある場所に送られてきたんですよ」と言ってやれたらいいなと思っている。さっぱりした性格のマイのことだから、それを知っても「へえ、そうだったんですね」と言うだけのような気もするが、それでもかまわない。

（恋人がいるマイさんに俺がしてやれることなんて、こんなことぐらいだからな）

一般人として生きてきたヘンリーの心は「彼女が恋人と仲睦まじいのなら、静かに身を引いて彼女の幸せを願うべきだ」と思う。その一方で最近目覚めた半獣人の心は「かまうものか。恋人から奪ってしまえ」とけしかけてくるのだが。

「ヘンリーさん？」

「ああ、すまない、ちょっと考え事をしていた」

キリアスがにへらっと笑った。

「僕は国の財産を盗んで消えたりしないから、安心してよね。それと、さっきの話だけど、なんていう小説？　僕も読んでみたい」

「なんだったかな。今度タイトルを確かめてくるよ」

「じゃ、僕は戻るけど、ポーションの分割納品のこと、頼んだよ！」

「約束はできないぞ？」

「わかってる。でもヘンリーさんは優秀な筆頭文官様だから、きっと軍部の頑固おじさんを説得できるよ！　じゃあね」

調子のいいことを言い、数歩進んでからキリアスがピタリと足を止めて振り返った。

「思い出した！　グリド氏の行方不明になった恋人の名前は、リヨルだ」

キリアスは手をヒラヒラさせながら去ってしまった。

ヘンリーは波立つ心を鎮めるために深呼吸をしてから軍部に向かう。

軍務大臣ではなく軍医のベルゼンを選んで話をした。ベルゼンは軍部でポーションを直接管理している男だ。

「ポーションの納品を半分ずつだ？　魔法部の連中はすぐそういうことを言う。一括で納めるように言ってくれ」

「現在、魔法部は工事も請け負っていまして……」

「だめだだめだ。一括で納品させろ」

「分割といっても、残りは二ヶ月ほどで納品を完了させます」

「今までは毎回全部交換だったろう。分割などという前例を作りたくない。一括で納めさせたまえ」

ここで引き下がるような仕事はしない。ヘンリーは切り口を変えた。ベルゼンの面子(メンツ)を潰(つぶ)さずに意見を変えさせるのだ。

「今回、魔法部から分割納品の提案があり、ベルゼンさんが却下したことは記録に残ります。万が一、二十五年前のようなことが起きれば、『魔法使いが疲れているのに、軍部が分割納品を断った』ととがめる者が出てくるかもしれません。ポーションは魔法使いの体調が良いときに作られ、新しいほうが効果があります。分割納品なら、何が起きてもより良好な状態のポーションを王族に使うことができます」

王太子と第二王子が相次いで病没したとき、多くの医療関係者が処罰された。ヘンリーは資料で読んだだけだが、ベルゼンは現場にいた。ヘンリーはその当時のことをベルゼンに思い出させて揺さぶった。

ベルゼンが少々落ち着かなくなったのを確認して、話を続ける。

「代わりに少し多めに納品させます」

「多めに？　そんなことを君が約束できるのかね」

「できます。私が魔法使いたちに言い含めます」

「そうか。まあ、君がそう言うならそれでもいいが」

「ありがとうございます。ベルゼンさんはいつも柔軟な対応をしてくださるので本当に助かります」

褒められて満足げなベルゼンに礼を述べ、軍部を後にした。

（魔法使いたちには事後承諾となるが、ここは持ちつ持たれつで働いてもらおう。「多めに」の数は五本でいい。五本くらいなら魔法使いたちは了承する）

そこは自信があった。

（ベルゼンだって「五本じゃ話が違う」と腹を立てることはない。彼はとにかく責任を取りたくないだけだ）

ヘンリーは真面目だが頭が固いわけではない。こういう手も使う。

席に戻って改めてここまでの情報を整理した。

マイの祖母リヨと行方不明のリヨルと七歳で死んだはずのヘラーは、同一人物の可能性が高い。

ヘラーが生きていたのなら、彼女は七歳で親に売られ、リヨルと名前を変えさせられ、働かされたのだろう。気の毒なことに最後は恋人の実験によりマイの世界へ飛ばされたわけだ。

(そんな過酷な祖母の生い立ちを聞かされて、マイさんは喜ぶだろうか)

答えは否。だがリヨの過去については今後も調べ続けるつもりだ。

ヘンリーが二十二人抜きで筆頭文官に指名された理由は、仕事っぷりだけではない。どんな場面でも自分がなすべきことを正しく把握するセンスがあるからだ。(この件を調べるべきだ)と勘が騒ぐ。

翌日、『隠れ家』で日替わりの肉の盛り合わせを食べながら、マイに獣医ゴンザのところに行く話をした。

「獣人に詳しい人が王都の隣村にいるかもしれないので、馬と自分の運動を兼ねて訪問してきます」

何気なく話すと、聞いていたマイがはっきりと羨ましそうな顔をしている。

(これはもしや休みの日にマイさんを誘ってもいいのか?)

「よかったらマイさんも一緒……」

「行きたいです! すごく行きたいです!」

「そう? では一緒に行きましょうか」

誘い終わる前に猛烈な勢いで行きたいと言われて驚いた。それに気づいたらしいマイが顔を赤くしている。

（赤くなっている。可愛い。すごく可愛い）

「風邪をひいて一人で苦しんでいたとき、これからは行きたいところにはどんどん出かけようと思ったんです。私、オーブ村と王都しか知らなくて。いつ行くんですか？」

「今度の休息の日にしようと思うのですが、マイさんの都合は？」

「何もないです。行きたいです。連れていっていただけるならとても嬉しいです」

出発の時間を決めて店を出るまで、にやけそうになるのを全力で我慢した。


休息の日が来た。ヘンリーが操る馬にマイも乗って王都の外へと向かっている。馬上でヘンリーの腕の中にいるマイは馬に乗るのが初めてだと言う。

（これが初めてなら、絶対に怖い思いはさせないようにしなければ）

目の前のマイの髪からいい香りがしてくる。マイが変換魔法で自作したシャンプーの香りなのだがヘンリーは知らない。

（何を使って洗髪したらこんないい香りになるんだ？）

「馬に乗るのは初めてですが、ヘンリーさんが後ろにいてくださるから安心して乗れます。馬に乗るのは楽しいですねぇ」

「それはよかった」

（馬でのお出かけを好きになってもらえたら、他の場所にも誘いやすい）

目的の場所には、大きくて立派な家があった。

広い庭にはささやかな菜園があり、井戸と厩（うまや）が見える。門には『動物専門医ゴンザ』と書かれた看板が一枚。

折よく家から人が出てきた。大きな籠（かご）を背負いクワを持っているところを見ると、菜園に向かうところだったらしい。ガッシリした体格。髪は濃い茶色。顔の下半分を覆うヒゲも頭髪も半分ほど白い。六十代くらいか。

ゴンザはヘンリーたちに気づくと明るい笑顔になった。

「おはようございます。私はゴンザですが」

「おはようございます。ヘンリー・ハウラーと申します。本日は先生に教えていただきたいことがあり、参りました。予約もせずに訪問した失礼をお許しください」

「うちは予約してから来る人なんていませんよ。中へどうぞ」

招かれて入った家の中は広く、部屋の壁は作り付けの書棚だ。床から天井まで、本がぎっしり詰め込まれている。

「それで、本日はどのようなご相談でしょうか」

「私はハウラー子爵家の息子で、二十年前、先生に診察していただいたことがあります」

ゴンザがヘンリーをしげしげと見る。

「ハウラー子爵、二十年前……。おや、あなたはあの時の？　そうでしたか。すっかり立派になられて。あの時は診察しただけで治療もしていないのに、診察代をたっぷりいただきました。恐縮したものです」

「口止め料込みの金額でしょうから、先生がお気になさる必要はありません。今日はお尋ねしたいことがあるのです。実はつい最近、私が……」

「同じ経験をした、ということでしょうか？」

言い淀んだところでズバリと言い当てられた。ゴンザはニコニコしたままマイを見る。

「こちらのお嬢さんは事情をご存じで？」

「はい」

マイが答えると、ゴンザは優しい笑顔で何度もうなずいた。

「あなたが猫になるのは病気ではなく自然なこと。心配はいりません。その年齢まで猫にならなかったのならば、おそらくご両親のどちらかが一般人なのでしょうね。とても珍しいことです。ああ、もちろん詮索する気はありませんし、他言もしません。医師としての誇りは持っております」

「自然なことならば、抑えようがないということでしょうか」

「そうです。本能ですから。上手に折り合いをつけて生きていくことが一番です。変身を抑える薬もありますが、私はお勧めしません。副作用が大きいのです。常用すれば子ができなくなります」

ヘンリーはがっかりしたが顔には出さない。

「どうしようもないことなのですね。マイさん、せっかく同行してくれたのにもう用事が終わってしまった」

「そうおっしゃらずにゆっくりしていってください。ヘンリーさんはどうして自分だけがこんなことに、と思っているかもしれませんが、そうでもないのですよ」

ゴンザは少し考えるように顔のヒゲをザリザリと撫でてから口を開いた。

「獣人の子として当然の変身を悩んでいらっしゃるから教えて差し上げますが、ここから先は内緒にしてくださいい。この大陸には獣人はほとんどいないとされていますが、実はそうでもありません。ここに来たことがある獣人だけでも十人はいます。うちに来ていない獣人を入れたら、王都とその周辺だけでも、おそらくその十倍はいるんじゃないでしょうか」

目元で笑いながら語られる言葉に、ヘンリーが絶句した。

「獣人は縄張りを広げたいと思う本能があります。厳密に言えば人間も縄張り意識がありますが、獣人の場合はそれがもっと強い。古大陸を出る獣人は案外多いのです。新大陸では彼らもまた獣人であることを隠して暮らしているでしょうが、縁があれば出会うこともあるでしょう」

「先生はどうして獣人のことに詳しいのですか？」

「私は事情があって古大陸で生まれて育ち、三十歳になるまであちらで暮らしていたのです」

相槌（あいづち）を打って聞いていたヘンリーはゴンザの話を聞き終わると立ち上がり、笑顔で礼を述べた。

「お時間をくださりありがとうございました。そろそろ失礼します」

辞退するゴンザに、ヘンリーさんが診察代を渡した。馬に乗ってからは心がけて明るく振る舞った。収穫もないまま帰る失望感よりも、空振りのお出かけに付き合ってくれたマイに申し訳なく思う。

ところが王都に入ったところでマイが「ヘンリーさん、このあと予定がありますか」と声をかけてきた。予定などない。あったとしても全力で変更する。

「予定は何もありません。どこか行きたいところでも？」

「クーロウ地区に連れていっていただけませんか？　とても美味しい魚料理のお店があるとお客さんに聞きました」

「クーロウ地区は活気がありすぎる場所ですよ？」

「ええ。だから行くなら強そうな男性と昼間に行けと言われました」

「わかりました。行きましょう」

(俺って強そうに見えたっけ？)とは思ったが、ヘンリーは馬の行き先を変えた。


ヘンリーさんが王都の隣村に行くらしい。

(いいなあ。私も行きたい。でも、誘われていないのに一緒に行きたいとは言えないよねえ)と羨ましく思っていたら誘ってくれた。

「よかったらマイさんも一緒……」

「行きたいです！　すごく行きたいです！」

完全にフライングだった。品がなかったわ。でもヘンリーさんが口の両端を少し持ち上げたから、迷惑には思っていなかったと思う。

ヘンリーさんはお肉の盛り合わせをご機嫌な感じで食べて帰った。あんなに嬉しそうな顔をするのなら、また近いうちに日替わりで肉の盛り合わせを出してあげよう。

最近の私はウォーキングがてら道を整備している。

王都の大通りは石畳だが、一本裏に入れば土の道だ。雨の後はぬかるんだ道を馬車や荷車が通るから、路面のでこぼこがすごい。気を抜いて歩いていると、乾いて固まったでこぼこに足を取られて捻挫しそうになる。

荒れた土の道は乾燥すれば土埃（つちぼこり）を生む。風が吹くと土埃が巻き上げられ、周囲を薄茶色に煙らせるほどだ。

近頃は雨が少ない。土埃のせいで窓ガラスはすぐに汚れるし、洗濯物は薄茶色になる。風の強い日が続くと咳（せ）き込む人が増える。結膜炎になるのか、目を赤くしている人もいる。だから私が路面を整備することにした。

夜、目立たないように上下黒い服を着てランプも持たず、右手の人差し指に灯（とも）した小さな炎を頼りに歩く。私は魔法を使うことに慣れて、右手と左手で違う魔法を同時に放てるようになった。右手の炎で足元を照らし、左手で土魔法を放つ。私が歩いた後ろにはロードローラーでならしたように平らな道ができる。

繰り返しているうちに魔法を一定の力で長時間放つコツを身につけた。一時間から二時間ほど歩き続け、魔法を放ち続けて帰宅する。道路を整備した日は心地よい疲れと（いいことしたわ）という満足感で気分よく眠れる。

今日、お昼のお客さんたちがそのことを噂していた。

「お前さ、この地区の道がやたらきれいになっていることに気づいてるか？」

「もちろんだよ。工事もしていないのに、ぐちゃぐちゃだった裏通りが、槌で念入りに叩いたみたいになっている。それも夜のうちにだ。妖精の仕業じゃないかってうちのかみさんは言っているよ」

「妖精なんているかよ」

「それがさ」

話し手が身を乗り出し、聞き手も身を乗り出した。なんだなんだ、私も聞きたい。さりげなく近くのテーブルを拭くふりをしながら背中を向けて話を聞いた。

「俺見たんだよ。小さな明かりが動いているなあ、誰かがロウソクを持って歩いているんだなあと思って窓から見ていたんだけど、おかしいんだよ」

「なにが」

「ロウソクをむき出しで持って歩いたら、炎が揺らぐだろ？　早足で歩いたら火は消えるだろ？それが、全然炎が揺らがないし消えもしない。だからもしかすると本当に妖精かなと思い始めたところだ」

相手の男性が苦笑した。

「妖精はいないだろう。魔法使いならあり得るな。だけど、わざわざ夜に貴重な魔法使いを働かせるのはおかしい。不思議だよなあ」

気をつけよう。暗視できる道具を作れたらいいけど、仕組みを知らないものねえ。本当は二度とぬかるまないように道路の表面をガチガチに舗装してしまいたいけど、それは我慢している。
もしこの先、王都の整備計画が進んで「道路に下水管を埋設しよう」「裏通りも石畳にしよう」となったとき、魔法でアスファルトを敷いたように舗装してしまったら、スコップやツルハシが刺さらない気がする。

おばあちゃんはいつも言っていた。「マイ、何事もほどほどがいいんだよ」とか「出しゃばり親切は知らん顔するよりたちが悪いんだよ」とか。

だから雨のたびに整備をやり直すことになっても、道の表面を固めるだけにしている。

静かな夜の道を歩くときは、おばあちゃんのことを思い出していることが多い。おばあちゃんには友人がたくさんいた。映画館や美術館に通い、たまに演劇を観て帰りにレストランで友人と食事するのを楽しみにしていた。

おじいちゃんが生きていた頃は、夫婦で仲良く旅行に出かけていたっけ。

白髪に品よくパーマをかけ、私が知っているおばあちゃんは、いつでも人生を楽しんでいた。

「笑って生きなきゃ人生がもったいないんだよ」が口癖だったおばあちゃん。

家計も店の経理も昔から全部おばあちゃんがやっていたのだけれど、今思うとおかしいことはいろいろあった。

まず、我が家の暮らしがそこそこ贅沢(ぜいたく)だったことだ。家族で温泉旅行も行っていたし、おばあちゃんはいつも「そんなに必死に働かなくてもなんとかなるよ」とお気楽なことを言っていた。

だけど『喫茶リヨ』はそんな暮らしができるほどの利益を出していなかった。それこそ儲(もう)けはほどほどだった。

我が家の生活費はどこから出ていたのか。両親の生命保険の受取人は私だったから、私はおばあちゃんの老後の費用と、店舗兼住宅を建て直すときのため、保険金には手を付けずにいた。

おばあちゃんは変換魔法で何か作って売っていたのだろうか。いたのだろうねえ。

高校時代に、友人の家に比べると我が家は両親がいないし収入も多くないのに、かなり大らかに暮らしていると気がついた。不思議に思って「おばあちゃんはなんでそんなにお金を持っているの？」と聞いたことがある。

おばあちゃんは笑って答えなかった。だから昔に宝くじを当てていたのか、疎遠なはずのおばあちゃんの実家から遺産でも貰ったのだろうと思い込んでいた。

七十八歳のおばあちゃんがおじいちゃんと結婚したのが二十八歳の時と言っていたから、少なくとも五十年以上日本で暮らしていたことになる。おばあちゃんはこちらの世界の出身だと思うが、完璧に現代日本の暮らしに馴染んでいた。

地下鉄の乗り継ぎもスマホの扱いも不自由はしていなかった。そこは本当に感心する。てっきり東京近辺の生まれ育ちだと思っていた。私が薪に火をつける方法を習得したように、おばあちゃんも日本の生活に馴染むまで頑張ったんだろう。

顔立ちはちょっと日本人離れしていたけど、「親が派手な顔立ちだったからね」という言葉を本気で信じていた。

それにしても、おばあちゃん。あなたはなぜ私に魔法のことを秘密にしていたのかな。お母さんはおばあちゃんの秘密を知っていたのかな。

今となっては確かめようがない。


休息の日、初めて馬に乗った。馬の背中はかなり高かった。落ちたら怪我しそうと思ったけれど、乗ってみたら後ろからヘンリーさんが私を抱え込むように手綱を持っていたから落ちる心配はなかった。

結論から言うと、獣医さんは「猫化することは仕方ない」というご意見だった。ヘンリーさんががっかりしていて気の毒だった。あの時、猫のヒゲが生えていたら全部下を向いていたと思う。

だから、前から行ってみたいと思っていたクーロウ地区に行きませんか？　と誘ってみた。ヘンリーさんは美味しいものが好きだから、美味しいお昼ご飯を食べて元気を出してもらいたかった。

少々活気がありすぎる地区だそうだけど、ヘンリーさんは体格がいいから一緒なら安心だ。ただ、子爵家のご令息だからそんな場所は断られるかなと思った。ところが「行きましょう」と即答してくれた。ありがたい。

「いいんですか？　酔っ払いに絡まれるかもしれませんよ？」

「そのために強そうな男が必要なのでしょう？　それに、クーロウ地区なら何度も行っています。美味しい店にも心当たりがあります」

「えっ？　ヘンリーさんが？　どうしてそんな場所に？」

「私の楽しみは美味しいものを食べることなので。だから『隠れ家』を見つけられたのです」

活気がありすぎる地区の食事をも経験済みだったとは。味にこだわる人だとは思っていたけれど、そこまで美味探求していたか。

「王城の筆頭文官になってよかったことが一つだけあります。やるべきことさえやっておけば、昼休憩を少し長めに取っても誰にも文句を言われないことです。こう見えて、俺はなかなかの働き者です」

「働き者なのは私でさえわかります。全身から漂い出ていますから。それと、昼休憩を長めに取っても文句を言われないぐらい遅くまで働いていることも想像がつきます」

「バレていましたか」

「なんだかんだで私も仕事中毒ですので、匂いでわかります。同類の匂いがします」

「毎晩湯あみは欠かさないので、そんな匂いは出していません」

楽しい。こんな言葉のやり取りに私はずっと飢えていた。

二人で笑いながらクーロウ地区を目指した。そのうち、クーロウ地区に近づいたとわかる香りがしてきた。強い香草の香りだ。ココナツミルクの香りもする！　ここはいろんな国の出身者が集まっている地区だそうで、彼らの故郷の味が売られているらしい。

「懐かしい匂いがします」

「マイさんの故郷の料理の匂いですか？」

「少し違いますね。エスニック料理という系統の香りです。その料理が大好きでした。なんて懐かしい」

「喜んでもらえてよかった。さあ、お薦めの美味しい店に案内しますよ」

「来てよかったです。すっごく嬉しい！　おなかが空きました！」

「ふふ。大変にご機嫌さんだ」

ヘンリーさんが笑い、私も笑った。


ヘンリーさんのお薦めのお店を目指している途中、とある出店に目を奪われた。

「ヘンリーさん、あれ！　あれを食べてみたいので、ちょっと買ってきます！」

ヘンリーさんが小銭を払って馬を預けている間に、すぐ目の前の店に駆け寄った。丸く分厚い鉄板の上で小麦粉の皮が焼かれている。菜箸でヒョイヒョイと皮の端っこを剥がしてから、焼けた皮の下に差し込んで器用にひっくり返している。

皮の上に刻んだ味付きの肉をたっぷり置いてからネギを散らして、上から真っ赤な液体を回しかけている。上下をパタパタと折ってからクルクルと丸めた。一連の動作が曲芸みたい。

太巻きみたいになった商品を大きな笹の葉のようなもので包んで渡された。ヘンリーさんの分が出来上がるのを待ちきれずに、アツアツの料理にかぶりつく。口いっぱいに八角やニンニクやショウガの香りが満ちる。回しかけていた赤い液体は、期待を裏切らずに旨辛な唐辛子ソースだ。

「辛いけど、美味しい。なにこれ。味付けが懐かしい」

「目が潤むほど？」

「えへ。あまりにあっちの世界の味だったから懐かしくて」

「そう。喜びの涙ならいいんです。うっ、熱い。こんなに熱いのに、よく平気ですね」

「平気ではないです。口の中を火傷しました。ふふっ」

火傷するほど熱いけれど、それがまたいい。私はその旨辛なおやつを完食し、五メートルも歩かないうちに次の美味を見つけた。直径八センチくらいの丸く白いお餅。半分に切った見本が置いてある。黒ゴマの餡だ。ゴマ餡入りのお餅を炭火で焼き、こんがりと焦げ目がついて膨らんだものを売っている。お餅に黒ゴマ餡。最高じゃないか。おそらくここなら食材も手に入る。

「すみません、それを二つ」

「はいよ」

焼きたてアツアツを受け取り、これもすぐにかぶりついた。食べながらもう一つをヘンリーさんに差し出した。

「マイさん、昼食までに満腹になってしまいそうですね」

「大丈夫。この味なら無限に食べられます」

「無限って。マイさんが本当に嬉しそうだから来てよかった」

「連れてきてもらってよかったです。ヘンリーさん、本当にありがとうございます。さあ、お薦めのお店に行きましょうか。私はまだまだ食べられます。食べられなくなったら持ち帰って明日食べます」

ヘンリーさんが私の手を取った。

「美人さんがクーロウ地区で迷子になったら二度と見つからないって噂がありますから」

ヘンリーさんはそんなこと絶対に言わないし、しないと思っていたからびっくりした。

お昼どきの通りは、たしかに庶民で混雑している。クーロウ地区は夜も眠らない街だとお客さんは言っていたっけ。

やがて、通りを挟んで背の高い建物が並ぶ場所に到着した。建物から建物へと、頭上にはロープが無数に渡されている。そこにぶら下がっているのは、たくさんのランタン。夜に来たらきれいなんだろうなあ。

「ここは？」

「クーロウ地区の中心部です。ここに、最高に美味しい魚料理を食べさせる店があります」

「美味しい魚料理、いいですね！　楽しみ！」

「マイさんがそこまで魚を好きだとは知らなかった」

美味しいものに目のないヘンリーさんが認める魚料理なら期待できる。『ドーリン魚料理店』と書かれた看板の店に足を踏み入れた。

「らっしゃい！　空いている席に座って」

窓際の席に着いたらすぐにヘンリーさんがメニュー表を渡してくれた。

「好みの料理が見つかりそうですか？」

「揚げた白身魚の野菜あんかけと、エビの塩焼き、それと二枚貝の米粉麺でお願いします」

「決めるのが早いなぁ」

「喉から手が出るほど食べたかった料理ばかりなので」

この世界に来てこんなにワクワクしたのは初めてかもしれない。ずっと本格エスニック料理が食べたいと思っていた。夢見るほど食べたかった。ここの匂いは間違いなく本格エスニック料理だと、期待で興奮してしまう。

やがて料理が運ばれて、本格的な味に、「んんー！　最高！」とはしゃいでしまった。どれも覚えがある味に近いんだもの。人間が思う美味は、世界が違っていても同じ場所に着地していた。

この発見に一人でニヤニヤした。そんな私を見るヘンリーさんの目がずっと笑っている。やっぱり誘ってよかった。

魚の揚げ物は皮がパリパリで白身はフワフワ。かかっている甘酸っぱいタレはパンチが効いている。エビはプリプリで甘い。振りかけられた岩塩と刻んだ香草の香りがエビの甘さを引き立てている。最高。

ハマグリみたいな貝の身をたっぷりのせたフォーは麺もスープも優しくさっぱりしていていくらでも食べられる。途中で瓶に入っている液体をかけた。味はライムに似ている。味が変わって、また食が進むじゃないか。罪作りな。

ヘンリーさんと「美味しいですね」「美味しいでしょう？」と何度もやり取りをしていたら、通りの反対側の店から子供が走り出てきた。

手に貝のタレ焼きみたいな串を持っている。危ないなあ。転んだらどうするの。

ヘンリーさんが初めてここに来たときのエピソードをお話ししてくれているのに、子供が気になって目が離せない。立ち上がって子供に向かおうとしたら。

「あっ」

子供が転んだ。思わずその子の手首から先に結界を張った。子供の顔は結界のボールにぶつかったけど、串は刺さっていない。目も口も無事。よかった。

無事を確認してから（消えろ）と念じた。子供の後ろから若いお母さんが顔色を変えて走り寄り、子供の顔を覗き込んでいる。

（大丈夫だったけど、串を持たせたら目を離さないでね）

ホッとして腰を下ろし、視線をヘンリーさんに向けた。ヘンリーさんがちょっと怖い顔になっている。

「お話し中にごめんなさい。聞き逃しました。初めて来たとき、何があったんですか？」

するとヘンリーさんがやっと聞き取れるぐらいの小声でしゃべった。

「結界が張れるんですね」

「……ん？」

「マイさんは、無詠唱で結界が張れるんですね」

ヘンリーさんには知られてもいいと思っていたけど、顔が怖いのでなんて返事をすべきか迷う。

そもそもあの結界、私にしか見えないはずよね？

「一般人には結界が見えないらしいですが、俺には見えます。今、あの子が転びそうになったとき、手首から先に球形の結界を張りましたね。そして無事を確認してから消した」

見えるの？　なんで？　あっ。猫は結界が見えていたね。ステルス防犯ウエアを着たら、猫がみんな怖がって逃げたね。ヘンリーさんもなの？

「はっきり見えました」

「そうでしたか。ええ、私、結界が張れます。おばあちゃんのおかげです」

サラッと白状して終わるかと思ったんだけど、そこからヘンリーさんの雰囲気がなんか変だ。せっかくの美味しい料理を互いに無言で食べた。

雰囲気がどうであっても美味しいものは美味しく食べられる鋼の心臓と胃袋だから、きれいに完食したけど。

全部食べ終わり、香りのいい薄い色のお茶を飲んだ。

「マイさんが魔法を使えるなんて知りませんでした」

「聞かれなかったから。お話しする機会もありませんでしたし」

「詠唱なしで結界を張れるんですね？」

「はい」

なんでヘンリーさんの顔が強張っているのだろう。この世界の常識に疎い私にはわからない。

「私が魔法を使えると言わなかったから怒っているんですか？」

「怒ってはいません。マイさんが俺に言わなきゃならない義理もありません。驚いて心配しているんです。あんな瞬時に結界を張れる魔法使いは滅多にいないから。俺が知っているのは二人だけです」

二人いることはいるのね。よかった。

「普通は呪文を唱える必要があるから、張ろうと思ってから張り終えるまでに時間差が生まれるんです。あんなことができると人に知られたら、マイさんを取り込もうとする人が出てくるだろうなと思って」

「声には出しませんけど、脳内で呪文を一瞬思い浮かべるから同じでは？」

「同じではありません」

魔法を発動する速さが問題なの？　詠唱しないことが問題なの？　わからない。そしてそれを質問したくない。なんとなくヘンリーさんの答えを予想できる。聞きたくなかった。

さっき結界を張ったのは脊髄反射みたいなものだ。考える余裕なんてなかった。子供が失明するぐらいなら、魔法を知られてもいい。あの子の目を守ったことを後悔はしていない。

だからこの話はいったんやめようと思った。せっかくクーロウ地区に来たのだし。

「このお店、ほんと大当たりですね」

「魔法のことを話したくないなら、今後はこの話題には触れないようにしますが」

『隠れ家』に通い始めた頃の無表情なヘンリーさんが、私の目をまっすぐ見ている。静かで穏やかな語り口なんだけど、笑ってごまかせない迫力があった。

「たぶんヘンリーさんは、この世界のことに疎い私を心配してくれているんですよね？」

「ええ」

「今後は気をつけて他の人には魔法を知られないようにします。でも、せっかく貰った力を使わずに、息を殺してただ生き延びるのもむなしいです。私はこちらに来てから、誰かの役に立ちたいと思って暮らしているんですよ」

　ヘンリーさんが考え込んでいる。飲み終えたカップの縁を、指先でなぞっている。カップの上を、人差し指が五周したところで、ヘンリーさんは唇の両端を少しだけ持ち上げた。

「わかりました。では、マイさんが魔法の力で誰かの役に立てるよう、助手としてお手伝いをさせてもらえませんか？　あなたが魔法使いだと知られないように、筆頭文官の経験と知識を使ってお手伝いします」

「それ、ヘンリーさんが面倒なことになるのでは？」

「いいえ。俺は今まで仕事しかやりたいことがありませんでした。でもマイさんの助手という役目ができたら、毎日楽しく暮らせます」

　そんなことを言われるとは思わなかった。心配してもらっているのに甘えない、可愛げがない女だと思われると思っていた。

「ヘンリーさんが手伝ってくれたら、心強いですね」

「助手にしてくれるんですね？　決まりですよ？　撤回はなしです」

「わかりました。よろしくお願いします」

「ではあなたの忠実なる助手として、ひとつ質問をしてもいいですか？」

「はい、どうぞ」

　あれ？　なんかヘンリーさんの目が急にキラキラしてきた。

「『隠れ家』に初めて行ったときから気になっていて、あなたがたった一人でこちらに来たと知ってからはいっそう気になっていることがあります。口外しませんので教えてください」

「急にしゃべりますね」

ヘンリーさんが子供みたいに好奇心むき出しだ。ワクワクしすぎているのだろう。瞳孔がちょっと縦になりかけている。三角耳が出ないうちに答えてあげなくては。ヘンリーさんが可愛くて、私は笑って質問を催促した。

「答えますから、早く質問してくださいよ」

「わかりました。では。マイさん、あなたは魔法でどうにかしてお金を手に入れていますね？　何をどうしているのか、見せてほしいです」

頭が良くて勘もいい人は怖いと思いました。


ヘンリーさんは私が魔法を使えると知った直後に魔法と私のお金事情を結びつけた。そのあまりの早さに（ひいい）と心で悲鳴を上げたが、同時に反省もした。

私は無意識にこちらの世界の人を甘く見ていたのかもしれない。ヘンリーさんはきっと、私が思うよりはるかに優秀なのだ。この人だけじゃなく、この世界にも必ずダ・ヴィンチやガリレオやアインシュタインみたいな人が生まれるだろう。この世界の人を甘く見たら、えらい目に遭いそうだ。

「ヘンリーさんは鋭いですね」

「儲かっていないことは最初から気づいていましたよ。あの席数であの料理の質なのにあの値段。普通ならやっていけるわけがない」

「言っておきますが、赤字ではありませんよ？」

「だが利益も出ていないはず。魔法でお金を得る方法、忠実な助手に見せてくれますよね？」

「言葉で説明するのではなく、実際にやって見せろと？」

「この目で見たいのです。ぜひ！」

「わかりました。ヘンリーさんなら知られても大丈夫でしょうし」

ヘンリーさんが立ち上がった。

「では帰りましょうか」

「もう？　もっと見て回りたいのに。お買い物もしたいですし」

「次の休息の日にまた来ましょう。次はマイさんの気が済むまでご案内します」

譲る気配がない。ヘンリーさんにしては珍しく興奮しているものね。仕方ないから店を出て馬に乗った。

「無詠唱ができる二人って、どんな人ですか？」

「キリアス君と彼の師匠ですが、現在はキリアス君一人だけですね」

「あれ？　キリアス君がうちの店で結界を張って見せてくれたとき、呪文を唱えていましたよ？」

「あれはわざとです。魔法使いらしく呪文を唱えているところを、あなたに見せたかったのでしょう。かっこつけです」

「ふうん」

さっきから気になっていることがある。

「ヘンリーさんはお城の文官さんなのに、国に私のことを報告しないで罪に問われたりは？」

「その点はあまり深く聞かないでください。罪にはなりませんが、城勤めの文官としては褒められたことではないので。マイさんはお城の魔法部で働く気はないんでしょう？」

「ありません」

「じゃあ報告しません。何か聞かれたら知らなかったと答えます」

『隠れ家』に着いたが、家に入る前に、アレを見せることにした。

「では、まずこちらへ」

なんで裏庭に回るの？　という顔のヘンリーさんを「こちらです」と裏庭へ案内した。

ヘンリーさんの前でしゃがみこみ、地面に右手を当てた。オパールをイメージしながら手のひらに魔力を集め、目を閉じる。手のひらにムズムズするような感触がしたところで目を開け、そっと手を持ち上げて開いた手のひらを見せる。

「うん？　それは？」

ヘンリーさんが指先で球体を摘まみ上げた。今作ったオパールはオーブ村で作ったものよりだいぶ大きい。三つの球体はどれも直径二センチくらいはある。ヘンリーさんがハンカチを取り出して土を拭き取った。

「これって……」

「オパールです。土はオパールを作り出すのに向いているの」

「魔法でオパール？　それも土から？　魔法部の人間からは聞いたことがない。でも本当にオパールに見えますね」

「本物です。宝石店や古物商を回って換金しましたけれど、どの店でも本物だと判定してくれました。私、オパールを売って『隠れ家』を開いたの」

「なんだか伝説の魔法使いみたいだ」

伝説の魔法使いなんて知識、おばあちゃんから貰った膨大な知識の中にはない。魔法の知識以外はほとんど省かれたのね。

「伝説の魔法使いって、なんでしょう？」

「マイさんは知らないんですね」

店に入り、今さらだから右手をピストルの形にして暖炉に火魔法を放つ。暖炉の薪がボッと音を立てて燃え始めた。

オパールをテーブルに置き、紅茶を淹れた。適当な茶葉を魔法で変換した紅茶だ。イメージしたのはあちらの世界のダージリン。深い赤色の紅茶は、たしかこの世界でも貴族の間では飲まれているはず。

「ああ、いい香りだ。色も美しいです。いい茶葉を……まさかこれも？」

「ええ。魔法で。それで、伝説の魔法使いって、どんな人ですか？」

「伝説の魔法使いは、はるか昔の人です。この国に麦の病気が蔓延して民が飢え、国全体が困窮しているときに活躍しました」

「どんな活躍をしたのですか？」

「食べ物も魔法で作ったらしいのですが、『自分の魔力量で食べ物を作っても国中の人間は救えないから』と言って、宝石をたくさん作って国に差し出したのです。国はそれで小麦や芋を他国から買い入れて、飢饉を乗り越えました」

木箱の中の芋に目をやりながら思う。そんなことになったら、私もアレを差し出そう。ただしヘンリーさん経由で。

「宝石だけですか？」

「金と銀の粒もあったそうです。もしかして、できるんですか？」

「金と銀は試したことがありませんが、これなら」

厨房へ行き、木箱の中からお芋を出した。本物のお芋の下に、お芋そっくりに作った木製の容器。それを五つ全部取り出した。トレイに載せてテーブルまで運び、ヘンリーさんの前で五つの芋型容器の蓋をひねって開けた。

容器の中には炭を変換させたダイヤモンドがぎっしり入っている。形はざっくりしたブリリアントカット。私は詳しくないので本当にざっくりだ。

この家で暮らすようになってから炭を自由に使える。だから気が向いたときにダイヤモンドを作っていた。ヘンリーさんは怪訝そうな表情でダイヤモンドを見つめている。

「これはダイヤですか？　それとも水晶？」

「ダイヤです。ひとつ売れれば当分お金に困らないので、溜まる一方です」

「これも土から？」

「いえ、これは炭から」

「炭……。なんで炭？」

「詳しく説明するのはまた今度で。わかりやすい説明を考えておきます。よかったらいくつか持って帰りますか？」

「いえ、結構です。俺の給料でこんな大粒のダイヤを持ち帰ったら、養母は俺が国の金を横領したのかと心配します」

あっ、そうだった。さっき反省したばかりなのに。

「それと、この量のダイヤを台所に置きっぱなしはダメです。芋に見える容器はいい思いつきですが、泥棒はああいう場所から探すものです」

ヘンリーさんが両肘をテーブルにつき、両手で額を押さえた。

「でも、こんな量をどこに隠せばいいのか。すぐには思いつかないな」

「どうせ元は炭なんですから、盗まれたところでまた作れ……」

「それもダメ。あなたは宝石という卵を産む鶏みたいな存在なんですよ？　あなたが狙われる」

「襲われたら魔法を使えばなんとかなるんじゃ？」

ヘンリーさんが「はああ」と深いため息をついた。

「魔力を封じる魔導具があるんです。それを使われたらどうするんです？」

「そんなものがあるんですか！」

「ええ。それにしても……。これ、触ってもいいですか？」

私がうなずくと、ヘンリーさんがダイヤを一個摘まみ上げてじっくり眺めている。

「宝石のことは詳しくありませんが、全く濁りがない。見たこともない美しいカットだ。これは光の反射を計算しているんだな。これだけの量を、こちらに来てから作ったんですね？」

「正確にはこの店を開いてからです。少しずつ作りました」

「一回にどのくらい作れるんですか？」

「限界まで試したことはありませんが、そのくらいのダイヤを二十個なら、全く疲れません」

少し呆れられた気がする。

「予想をはるかに超える無自覚と無防備。助手になってよかった。我ながら実にいい思いつきでした。他には？　どんなことができるんですか？」

「魔法で作った雲で、シャワーを浴びてみませんか？　シャワーっていうのは、ちょうどいい温度のお湯が雨のように降ってくる浴室の道具のことです」

「えっ、湯あみですか？　今ですか？」

ヘンリーさんの戸惑った顔がたちまち赤くなった。美形の赤面という貴重なものを眺めているうちに、誤解されていることに気がついた。

「違います違います。温かいお湯を浴びるだけで、泊まっていけというお誘いじゃありません」

「でしょうね。おかしいと思いました。シャワーとやらを使わせてください。体験したいです」

「濡れるのが嫌いとかそういうことは？」

「俺は人間ですし、今は猫じゃありませんし」

「失礼しました。では今シャワーを出してきます。それと湯上がりにはバスローブとバスタオルを置いておきますから、使ってください。ふわふわです」

ヘンリーさんが浴室に入っていった。そして四十度設定のシャワーを長いこと浴びている。

しばらくして出てきたヘンリーさんは血色のよい顔で、シャワーとバスタオルとバスローブを気に入った様子。

「シャワーは素晴らしいですね。それに、このふわふわした生地も素晴らしい。マイさんのいた世界では、みんながこんな贅沢な暮らしをしていたの？」

「国にもよりますが、私の国ではシャワーもそのふわふわの布も、ほとんどの家に普及していました」

ヘンリーさんはバスローブの生地をじっくり眺めている。

「魔法のない世界にシャワーがあるなら、水路が充実しているんですね。高い場所の家にはどうやって水を運んだのだろう。それに、湖や川の水を使うなら濾過する施設も必要だな。そして国中に水路を張り巡らせているのか。気が遠くなるような大工事だ」

「魔法がない世界なので、むしろそれが技術の発展のためには良かったのかもしれませんね」

ヘンリーさんが驚いたように私を見た。

（ヘンリーさん、あなたはあちらの世界では誰に相当するのかな。歴史に名を残すことはないけれど、国の行く末を左右する官僚ってところかな）

「すみません、私はあまり詳しくなくて。子供向けの知識くらいしかないです」

「いえ。それでも十分参考になるので、後日じっくり聞かせてください。マイさん、またいつかシャワーを使わせてもらってもいいですか？」

「いつでもどうぞ。次は湯船にお湯も張っておきますよ。いい香りの入浴剤付きで」

「それは楽しみです。では遠慮せずシャワーを使いたいのでお礼をしますね。何がいいか考えておいてください」

猫の時にモフらせてくれればおつりがくるのだけれど。それを言うわけにもね。

ドライヤー代わりに小さい台風の温風で髪を乾かしてあげたら、うっとりした顔で「気持ちがいいです。こんな魔法があったとは」と言いながらバスタオルにスリッと頬ずりした。

実に猫っぽい仕草だった。

幕間　文官部屋付き雑用係ジェノは見た

ヘンリーがマイと隣村へ出かける約束を取り付けた数時間前のこと。

「ジェノ！　お茶が冷めた。淹れ直してくれ」

「はい、ただいま」

僕は文官様たちの雑用係だ。十六歳にしては気が利くほうだと思う。文官様はみんな、いつも忙しそうだ。今淹れ直しているお茶も、文官様が夢中で仕事をしている間に冷めてしまった。

でも、文句を言う気はない。雑貨商の四男としては、雑用係でもお城で働けるのはありがたい。経歴に箔がつく。この仕事がなかったら、今頃はどこかの家の顔も知らない女性に婿入りさせられていたかもしれない。

「ハウラー様、お茶を淹れ直しましょうか？」

「いや、これを飲むから結構。そうだジェノ、クッキーをあげよう」

そう言ってヘンリー・ハウラー筆頭文官様が紙包みをくれた。

「クッキーですか！　ありがとうございます！」

「君はいつも走り回っているから、疲れるだろう」

「いえ！　このくらいなんてことありません！」

「そうか。偉いな」

褒めてもらってすごく嬉しい。仕事だから甘えるつもりはないけれど、仕事をすると必ず褒めてくれるのはハウラー様だけだ。

ハウラー様は表情がなさすぎて怖いってみんな言うけど、そうでもない。ほんの少しだけど笑うこともある。ハウラー様が笑えば、僕にはわかる。

そのハウラー様が、なんだか最近は雰囲気が穏やかになった。たまにお茶を飲みながら微笑んでいることもある。何かいいことがあったんだと思う。

昼の十二時から午後の一時半までは雑用係も休憩になる。僕はクッキーを持って魔法部の雑用係をしているモルのところに走った。

「モル、一緒にご飯を食べに行かない?」

「ああ、行こう。早く行かないと人気の料理が品切れになる」

二人で食堂まで小走りで進む。モルは豚肉の煮込みが好きだ。パンと煮込みで昼食を済ませたところで、クッキーを取り出した。

「お、クッキーか。上等な感じだな」

「上等なクッキーだと思うよ。ハウラー様にいただいたんだ」

「いいなあ。文官様たちは優しいんだな」

「どうかな。忙しいときはみんな殺気立ってるよ。でも、筆頭文官様は穏やかな方だ。険しい声を出されたことが一度もない。魔法部はどうなの?」

モルが苦笑した。

「魔法部はさ、意地悪はされないけど、俺は名前を覚えられていない。君、と呼ばれてる。働き始めてもう三年なのになあ」

「魔法使い様たちは独特だもんね」

「まあな。うわ、このクッキー旨(うま)いな。ナッツが入ってる」

「こっちは紅茶の葉っぱが入ってるよ。香りがいいなあ」

「サクサクのホロホロだ。バターの香りがすごくいい」

クッキーを食べ終えて仕事場に戻り、ハウラー様にお礼を言った。

「クッキーをありがとうございました。今まで食べた中で一番美味(おい)しいクッキーでした」

「気に入ったか。また買ってきてあげよう」

「本当ですか！　ありがとうございます！」

ハウラー様の目元が少しだけ動いた。あれはハウラー様なりの笑顔だ。

少ししてハウラー様は昼食を食べに出かけた。混雑している店が苦手なのか、毎日昼休憩をずらして出ていく。後ろ姿を見送っていたら、他の文官様から指示を出された。

「おい、ジェノ！　この発注書を大通りのガトー工務店に届けてきてくれ。ついでにアルド左官店に行って、見積書を早めに出すよう伝えてくれ」

「かしこまりました」

二つの用事を済ませてお城に戻る途中、路地の行き止まりにある店からハウラー様が出てくるのが見えた。僕は思わず近くの路地に隠れてしまった。

だって、ハウラー様が歩きながらはっきりと笑っていたんだもの。ハウラー様のあんな笑顔を見たのは初めてだ。

「ハウラー様に何があった？」

ドアを開けて、きれいな女の人がハウラー様を見送っている。

『雑用係は文官様の私生活に興味を持ってはいけない』

人事担当者様が僕たち雑用係の勤務初日に注意したことだ。雑用係は文官様の手紙を預かったり、届いた手紙を配ったりするかららしい。だから、（ダメだ、やめておけ！）とも思ったけど、ついそのお店の前まで行ってしまった。

レースのカーテンがかかっているから店内は見えないけど、『隠れ家』ってお店だった。あのハウラー様があんな笑顔になる店って、どんな店だろう。美味しいに決まっているけど、すごく高いのだろうか。

翌日の昼に、モルにこっそりその話をしたらモルは店の名前を知っていた。

「行こうよ。その店、魔法部の人たちがしょっちゅう行っている店だ」

「でも、行って高かったら？」

「その時はお茶だけ飲んで帰ろうぜ。でもそんなに高くないと思う。魔法部の人たちは食べ物にお金を使わないよ。お金があったら高い魔法書や魔導具の材料を買う人たちだからね」

「そうか。よし、行こう。もし高くても、お茶だけなら僕たちの給料でもなんとかなるよね」

そんなやり取りをした翌日。僕たちは昼の十二時になると同時にお城を飛び出して『隠れ家』にやってきた。

席は大半が埋まっていた。テーブルの数が少ない。もっと詰めてテーブルを置いたらいいのにと思うほど、ゆったりした間隔で席が設けられている。僕たちは壁際の二人用の小さなテーブルに案内された。

「こちらの席にどうぞ。今日の日替わりは白身魚とお芋の揚げ物です。サラダとスープとパンがついています」

店主さんはスラッと背が高い。茶色の髪を後ろでひとつに縛っている。ぱっちりした目と小さめの口。きれいな人だ。貴族みたいにツヤツヤの頬（ほお）と髪で、近くに来るとほんの少しだけいい匂いがする。一日中水仕事をしているだろうに、手が全然荒れてない。なんでだ？

案内された席に座って、置いてあったメニュー表を見て驚いた。安い。庶民向けの食堂の値段だ。

そして見たことのないメニューがたくさんある。僕らの後から入ってきた人が「日替わり三つで」

「俺はトマト味の麺」と座る前から注文している。常連が多いってことか。僕たちは一番安い日替わりに決めて、モルが片手を上げた。

「お決まりですか？」

「日替わりを二つお願いします」

「かしこまりました」

なぜか冷たい水を出された。この水は無料だろうか。迷ったけど飲んだ。緊張して喉が渇いていたから美味しかった。

「お待たせしました。白身魚とお芋の揚げ物です」

「わっ！」

思わず声を出してしまった。大きな魚の揚げ物が揚げた芋の上にのっている。冬には高価なレモンも添えられている。贅沢だ。周りの人を見ると、レモンをたっぷりと絞ってから魚を切り分けて食べている。魚を切らずにパンに挟んで食べている人もいた。

僕たちはさっそく魚を切って口に入れた。

「アツッ！　うまっ！」

「どれ。うわ、美味しいな！」

サクサクの衣の中は、フワフワの白身。添えられている塩には乾燥させた香草が混じっている。バジルの風味の酸っぱいクリームも添えられていて、どちらもすごく美味しい。金色のスープも美味しいし、小さな器に盛り付けられた温野菜も美味しい。僕もモルも「美味しい」しか言葉が出てこない。

「ジェノ、この揚げ物、すごく軽くないか？」

「言われてみたらそうだね。屋台の揚げ物とは全然違う」

「美味しくて安くていい店だ。これならお茶も頼めるな」

「頼もう。たまには贅沢をしようよ」

お茶もびっくりするぐらい安い。しかも小さなクッキーが二個受け皿に添えられていた。食べてみて、顔を見合わせた。ハウラー様に貰ったクッキーと同じ味だった。

「ハウラー様はここでクッキーを買ったんだね。クッキーはいくらかなあ」

「あそこに貼ってある。安い」

クッキーは五枚入りと十枚入りがあって、お菓子屋さんのクッキーよりちょっと安い。

「俺、妹と母さんに食べさせたいから十枚入りを買って帰るわ」

「僕は自分用に買う」

僕たちはクッキーも買って、大満足で店を出た。『隠れ家』の店主さんは、とてもいい笑顔で「またどうぞ」と声をかけてくれた。

ハウラー様は今も時々お菓子をくれる。それは『隠れ家』の壁の貼り紙にもないお菓子だ。だけど食べればわかる。どのお菓子も甘さが控えめで、小麦粉とバターの香りがすごくいいところが同じだ。つまり、メニューにないお菓子を手に入れられるほどの常連てことだろう。

モルは妹と母親に「またあのクッキーを買ってきて」と頼まれているらしい。僕は仕事を頑張ったご褒美に、一日一枚ずつ大切に食べている。給料が出たらまた『隠れ家』に行く。モルと約束したんだ。

ハウラー様は毎日『隠れ家』に通っているのだろうか。聞いてはいけないことだから聞かないけれど、そんな気がする。

そして、もうひとつ、すごく気になっていることがある。

それは、ハウラー様は『隠れ家』のきれいな店主さんのことを好きなのでは？　ってことだ。だって、気になって見ていたら、ハウラー様は食事から戻ってくると、毎日、ほんと必ず毎日、とっても幸せそうな笑顔になってているんだよ。

第五章　ソフィアちゃん

数日前から、三歳児を預かっている。朝の七時半からお昼まで。

三歳児の名前はソフィアちゃん。彼女を連れてくるのは父親のディオンさん。ディオン君と呼びたくなる若いお父さんだ。

冬なのに半袖姿で、腕も上半身も筋肉がみっちりついている。甘い顔の愛嬌のある若者だ。

「今日もお願いできますか？　すみません」

「お預かりします。謝らないでください。ソフィアちゃんは手がかからないし」

ディオンさんは今、近所の工事現場に通っている左官職人さんだ。最初に見たとき、ソフィアちゃんを背中におんぶして働いていた。ソフィアちゃんは「おりる！　おりるよお！」と号泣していた。

動きたい盛りの幼児が背中から降りられないのはさぞかし苦痛だろう。そう思ったら我慢できなかった。ディオンさんに駆け寄り、「お嬢さんを預かりますよ」と声をかけたのがきっかけだ。

ディオンさんのお母さんがソフィアちゃんを迎えに来るお昼頃まで、私が預かる。ディオンさんのお母さんは夜明けから昼まで市場で働いて、それからソフィアちゃんを迎えに来る。

「家で留守番させればいいんだろうけど、まだ言ってもわからないから。俺も困ってて」

「ソフィアちゃんを一人で留守番させるのは危険です。いつでも私が預かりますから。心配しないで」

「すみません。本当に助かります」

奥さんはソフィアちゃんを産んだ後で体調を崩し、亡くなったとのこと。ソフィアちゃんのおむつが取れるまではおばあちゃんが面倒を見て、しばらく前からディオンさんが子連れで働いていたらしい。

「俺の母親がソフィアを預かってくれていたんですが、両親の家も経済的に大変なんで」

この世界は簡単に人が死んでしまう。まだ身近な人では経験していないが、周囲の人の話を聞いていればわかる。子供は病気で命を落とす。大人はお産や怪我、流行り風邪で亡くなってしまう。たくさん産んでたくさん死んでしまう世界だ。

　私の魔法の引き出しには治癒魔法がない。あったら力の限り治してあげられるのに。ポーションは作れるものの、アレにどれほどの効果があるのやら。魔法が使えると知ったときは浮かれたりもしたけれど、魔法使いは万能じゃないんだと思い知らされているところだ。

「ソフィアちゃん、お客さんが来るまでお人形さんごっこしようか」

「うん！」

「じゃあディオンさん、仕事に行ってください。何かあったら声をかけますから」

「ありがたいです。必ずお礼をしますんで」

「いい、いい。ソフィアちゃんと遊べるのがお礼だから」

ディオンさんは何度も頭を下げてから仕事場に行った。

ソフィアちゃんにウサギの人形を渡し、私は猫のぬいぐるみ。どちらも私の手作りで魔法は使っていない。これでごっこ遊びをするのがソフィアちゃんのお気に入りだ。

「ウサギさん、今日はどこへ行きましょうか」

「猫ちゃんと川に行くの！」

「お洗濯をしましょうか。川は近いですか？」

「近いよ。川、おうちのすぐそば！」

「よーし、じゃあ、全部洗濯しよう！　シーツもカーテンも！　洗濯がんばるぞ！　オー！」

ソフィアちゃんがキャッキャと声を出して笑う。ご機嫌だ。

たくさん遊んで昼近くになり、お客さんが来たらソフィアちゃんは大人しく椅子に座る。私が買い集めた絵本を眺めていてくれる手のかからない子だ。お客さんに食事を出し、ついでにソフィアちゃんにもぶどうパンを出した。はむっとパンを食べてニコッとする。

「おいしっ！」

「美味(おい)しいでしょう。ぶどうパンよ。シチューも食べてね」

「いいの？」

「いいのいいの。たくさん食べてね」

「このシチュー、好き！」

お昼を回るとソフィアちゃんのおばあちゃんが迎えに来る。おばあちゃんのカリーンさんはおばあちゃんと呼ぶには気が引けるくらい若い。四十歳いくかいかないかくらい。

「ソフィアがお世話になりました。青菜を持ってきたわ。よかったら食べて」

「いつもありがとうございます。申し訳ないです」

「マイさんがこの子を見てくれるから、ディオンと私が働けるんです。本当にありがとうございます」

何度もお礼を言って、カリーンさんがソフィアちゃんの手を引いて帰っていく。

「ばあば、おうち帰ろ！」

「うん、帰ろうね」

帰っていく二人の背中を見送る。ちょっとだけ羨ましい。

私もあんな子供が欲しい。でもこの世界では……。この世界では、笑って生きられればそれでいい。生きているだけで、どこも痛くないだけで、とても素晴らしいことだ。これ以上の贅沢は言わない。それに、もう誰も失いたくない。

次々とお客さんが入ってきた。日替わりランチの注文が続々と入る。今日の日替わりランチは牛すね肉のシチュー。冬のシチューはご馳走だ。

シチューを深皿に盛り付け、最後に生クリームを垂らした。歯ごたえを残して色よくゆでたブロッコリーをのっけて、ピクルスを添えたら完成だ。

どのお客さんも「肉が柔らかいなあ！」「こりゃずいぶん長いこと煮込んだね」と感心している。ビーフシチューは夏場以外の定番メニューにしようと思う。

近いうちにひき肉料理に挑戦する予定。この国ではひき肉が売られていない。ひき肉料理を作るためには、二本の包丁でひたすら肉を叩くところからだ。だからミンチ機を魔法で作ろうと思っている。そのために鉄鍋を四つ買ってある。五つでもよかったかも。

昼の混雑が終わってからディオンさんが店に入ってきた。

「あら、ディオンさん」

「日替わりのランチをお願いします」

いつもは母親のカリーンさんがディオンさんの昼食を市場で買ってくるのに。ソフィアちゃんを預かっているからお礼のつもりだろうか。そう考えたのを見透かしたように、ディオンさんがニコッと笑う。

「俺もたまにはここのランチが食べたかっただけです」

「それならよかった。すぐにご用意しますね。ソフィアちゃんはおうちですか？」

「はい。昼寝をしていると思います。おふくろには世話になりっぱなしで、頭が上がりません」

ディオンさんが可愛(かわい)い顔で苦笑している。ビーフシチューを席まで運ぶと、ディオンさんの顔がほころんだ。今日もたくさんの笑顔を見ることができた。こうやって食べる人の笑顔を見られることが食べ物商売の嬉(うれ)しいところだ。

「マイさんのご両親はどんな仕事をしていたんですか？」

「父は事務仕事の勤め人でした。母は祖母が始めた飲食店を手伝っていて、私も大人になってからはそこで働いていました」

「そうでしたか」

そう、『喫茶リヨ』はおばあちゃんが始めた店だ。優しい味の温かい雰囲気の店。おばあちゃんは肉料理が得意でお母さんはデザートが得意だった。私の両親は仲良く車で買い物に出かけて、事故に巻き込まれた。

十歳だった私は両親が突然亡くなったことに実感がわかず、茫然(ぼうぜん)としていたように思う。あまりその頃の記憶がない。はっきり覚えているのは、いつもは穏やかなおばあちゃんが人目もはばからずに慟哭(どうこく)していたことだ。十歳の私にはそっちのほうがショックだった。

おばあちゃんはどうしているかな。慟哭していたときのおばあちゃんを思い出したら涙が出てきた。急いでカウンターの中に戻って、床を拭いているふりをした。

私の病気が見つかる前は、「いつの日かマイが産んだ赤ん坊を抱くことが、私の生きる張り合いだよ」と言っていたのに。そのおばあちゃんが「その世界に行けば、健康な体でやり直せる」と言って私をこの世界に送り出した。

だから私の病気を治す唯一の手段が、私をこちらに送り出すことだったはず。

魔法が使えるとわかった日から、何百回、何千回と頭の中を探した。だけど、違う世界に人間を送る知識は貰っていない。だから私はもう元の世界には戻れない。

大丈夫。絶対に大丈夫。私はここで笑って生きていける。生きてみせる。

チリリンとドアベルの音がした。急いで立ち上がり、「いらっしゃいませ！」と声をかけたらヘンリーさんだった。いつもは誰もいない午後二時頃に来るのに、今日は少し早い。

ヘンリーさんはチラリとディオンさんを見てから、いつものカウンター席に座った。

「日替わり……」

そこまで言って私の顔をまじまじと見ている。しまった。泣いていたことに気づかれちゃったか。

「どうしました？　何かあった？」

「いいえ。ちょっと以前のことを思い出しただけです」

慌てて目元を拭いて笑顔を作った。ヘンリーさんは何も言わずに、私が差し出した水の入ったコップのふちを指でなぞっている。

ディオンさんが壁の貼り紙に目をやりながら話しかけてきた。

「マイさん、これ、なんて書いてあるの？　俺、字が読めないんだ」

「新メニューの揚げ魚の甘酢あんかけのお知らせです。クーロウ地区で食べた魚料理がとても美味しかったものですから、真似(まね)をしてみました」

ディオンさんが驚いた顔になった。

「クーロウ地区？　あのぉ、またクーロウ地区に行きたくなったら、俺に声をかけてください。腕っぷしには自信があります。何かあっても俺ならマイさんを危ない目には遭わせません。あそこだけは決して一人では行かないほうがいいです」

「ありがとうございます。でも詳しい人がいるので大丈夫ですよ」

「そうですか。でも、その人の都合が悪くなったら俺が案内します」

カウンター席のヘンリーさんがくるりとディオンさんを振り向いた。

「私が必ず同行しますから、ご心配なく」

「あっ、そうでしたか。失礼しました」

ディオンさんが笑顔で引き下がったのでホッとした。（ヘンリーさんがこんな態度を取るなんて）と驚きながらヘンリーさんの顔を見てギョッとした。

ヘンリーさんの瞳孔が完全な縦線だ。猫に変わり始めている。

ディオンさんに気づかれないうちにと、カウンター越しにヘンリーさんの頭に手近な布を被(かぶ)せた。

いきなり布を被せられたヘンリーさんが「えっ？」という顔をする。

「マイさん？」

「ごめんなさい。私、ソースを飛ばしちゃったみたい。ヘンリーさんの頭にソースがついているの。ああ、お洋服にまで。さあこちらへ。今、ソースを落としますので」

言い訳にしては下手すぎるが、この際かまうものか。ヘンリーさんの手首をつかんでグイグイと厨房の奥の階段まで引っ張り込んだ。そしてヘンリーさんにささやいた。

「猫の目になっています」

「なん……で？　何の予兆もなかったのに」

ヘンリーさんが素早く頭とお尻を触って確認している。

「そちらはまだ大丈夫です。落ち着くまでここにいますか？」

「すみません、そうさせてください」

ヘンリーさんは階段に腰を下ろしてうなだれた。私は厨房のゴミ出し用出入り口を開け、大きな声を出した。

「申し訳ございませんでした！　これに懲りずにまたどうぞ！」

外に向かって声を張り上げ、わざとバタン！　と音を立ててドアを閉めた。ヘンリーさんには「しー」と合図をして、何気ない顔で厨房に戻る。ディオンさんが心配そうな顔をしてこちらを見ている。

「失敗しちゃった。ソースを飛ばしたから洗って差し上げようとしたんですけど、使用人にやらせるからと帰ってしまったわ」

「怒って帰ったんですか？」

「怒ってはいなかったから大丈夫です。お騒がせしました」

「それならいいけど。それでさっきの話ですが、クーロウ地区に行くなら、俺にも声をかけてください。どの店でも案内できますから」

粘り強いね。

「ありがとうございます。でも、そんなに危ないところならやめておきます」

「そうですね。そのほうがいいですよ」

私がきっぱり行かないと伝えたら、ディオンさんはそれ以上言わず、「じゃ、仕事に戻ります」と言って帰った。見送ってからすぐに階段に向かう。

「ヘンリーさん、具合はどう……」

階段の手前に子馬ほどの大きさの黒猫が茫然と立っていた。

「あら」

「面目ない」

「落ち着けば大丈夫。また戻れます」

「あの人、あなたのことをまだ諦めていなかった」

聞こえていましたか。

「あれは善意で言ってくれただけで、私を諦めないとかいう話ではありません。もう誘われませんよ。それよりヘンリーさん、お城に戻らないとなりませんよね。それまでに戻れそうですか？」

「全く……わかりません」

猫になったヘンリーさんはしょんぼりしていて、ヒゲが下向きだ。久しぶりに猫ヘンリーさんを見た。思わず腕を伸ばして黒猫に触れようとして手を止めた。

「元気が出ないでしょうけど、生きているだけで素晴らしいことですから。説教くさくてごめんなさい。でも、本当なの」

「俺は恐ろしいですよ。もしこのまま元に戻れなくなったらどうしようかと、とても不安です」

「その時は……」

（いや、今思っていることは苦しんでいる人に言うことじゃない）

言いかけた言葉をのみ込んだら、しょんぼりしていた猫ヘンリーさんが顔を上げた。

「その時はなんですか？」

「無神経なことを言うところでした。やめておきます。私ね、この世界に来てから一日一回は誰かを笑顔にしようって決めているんです。今言いかけたことは、ヘンリーさんを笑顔にする言葉じゃなかったの。ごめんなさい」

「それでも俺は聞きたいです」

エメラルドの瞳で私をヒタと見つめる様子が愛らしくて、思わずその頭を撫でた。大人しく目をつぶって撫でられる猫ヘンリーさんが、ごく自然な感じにペロリと私の手首を舐めた。それから慌てて私の手から頭を離した。

「す、すみません。この姿の時は、無意識に体が動いてしまって。申し訳ありません」

「気にしないでください。猫に舐められるのは慣れています」

「それで、さっき言いかけたことは？」

うん、さすがは猫だ。諦めない。

「その時は……私がこの家であなたのお世話をします、と言うつもりでした。でも、ヘンリーさんは子爵家のご令息ですものね。私の世話は必要ありませんでした。馬鹿なことを言いました」

そっと猫ヘンリーさんに向かって腕を伸ばし、途中で止めた。

「もう一度撫でてもいいですか？　そんな気分じゃないですか？」

「マイさんに撫でてもらうと、とても落ち着きます。好きなだけどうぞ」

「では、撫でさせていただきます」

差し出された頭をゆっくり撫でる。頭の骨の輪郭を感じながら頭を撫で、背骨を感じながら背中を撫でる。ゴロゴロという音と振動を感じながら喉と胸を撫でる。撫でているうちにあちらの世界に置いてきた愛猫の夜太郎(やたろう)を思い出してしまった。ああ、会いたいなぁ。

「ヘンリーさん、首に抱きついてもいいですか？　嫌ですか？」

「首……ええどうぞ」

猫ヘンリーさんが戸惑っているのはわかっているけれど、我慢できずに首に腕を回して肩のあたりに顔を埋(うず)めた。ドウルルルという音が大きくなった。

夜太郎とおばあちゃんのことは私が看取(みと)るつもりだったのに。おばあちゃんより夜太郎のほうが長生きしたら、あの子はどうなるのだろう。うっかり悪いことを想像してしまい、涙が出る。

「マイさん？」

「ごめんなさい。あちらの世界で可愛がっていた黒猫の夜太郎のことを思い出しちゃって」

「黒猫を飼っていたの？」

「ええ。祖母は子供の私が猫を飼いたいと言ったら、すぐにどこかから子猫を貰ってきてくれました。きっと、両親を失った私を少しでも力づけたかったのでしょうね」

「その猫のことが心配なんですね」

　返事の代わりに猫ヘンリーさんの首に顔を埋めた。そしてそのまま話をした。

「本当なら私は今頃生きていないから、贅沢を言ってはいけないのはわかっているんです。でも夜太郎に会いたい気持ちは、どんなに抑え込もうとしても無理で」

　猫ヘンリーさんがグリッと私の頭に自分の頭をこすり付けてくる。夜太郎がよくやってくれたやつだ。あまりに懐かしくて胸が痛む。

「そうですね。生きているだけでも素晴らしいのでしょうね。でも正直、俺はまだ自分の人生の理不尽さに折り合いをつけられてはいません。俺はマイさんみたいに人間ができていない。情けないなあ。なぜかあなたの前ではみっともないところばかり見せている」

　しょぼくれている猫ヘンリーさんを愛(いと)しく思った。それがどんな種類の愛しさか、はっきりしないけど。

「私も情けない大人です。おばあちゃんや夜太郎のことを思うと、すぐに泣いてしまう。ヘンリーさんが自分を情けないと思うなら、私たちは情けない大人同盟ですね。同盟員同士、つらいときは助け合いましょう」

しばらく首に顔を埋めていたら、グイッと前足で押しやられた。

「すぐに離れてください。人間に戻れそうです」

「あっ、はい」

急いで立ち上がり、店の暖炉の前で待った。

「お待たせしました」

振り返ると、文官の制服を着たヘンリーさんが立っている。服はいつも通りピシリと着ているが、髪が乱れている。

「私の櫛（くし）でよければ、髪を整えさせてください。私が散々撫でたせいか、乱れています」

「いえ、俺が手櫛で整え……いや、やはりお願いしてもいいですか？」

「はい。じゃあ、椅子に腰かけてください」

私の櫛でそっと髪をとかす。夜太郎も人間になったらこんな感じなのだろうか。会いたいよ、夜太郎。ジワッと涙が滲（にじ）んできたので頭を振って忘れることにした。

「夜太郎に会いたいのですね」

「ええ。泣いてしまうので、夜太郎の話はここまでにしましょう」

「わかりました。もう言いません」

髪を整え終わって「はい、これで」と言ったところで手首をそっとつかまれた。

「今度俺が猫になったら、夜太郎と思ってくれていいんですよ？」

猛烈に心が動いたけれど、首を振る。

「いいえ。夜太郎は夜太郎で、ヘンリーさんはヘンリーさんです。どちらも大切ですので一緒にはしません」

「そう……」

「けれど、また猫になることがあれば、撫でさせてください」

「ええ、好きなだけ。では俺は仕事に戻ります」

ヘンリーさんはドアを開けて振り返った。

「俺はまたきっと、あなたの前で猫になると思います。申し訳ない。先に謝っておきます」

そう言って美しいフォームで走り去った。私の前でまた猫になるとはどういうこと？

まあいいか。今夜はクッキーを焼こう。甘いものを食べて元気を出そう。明日、ソフィアちゃんにも食べてもらいたいな。

店の営業を終えてから、販売用も含めて大量にクッキーを焼いた。焼き終わる頃に、雨が降ってきた。雨粒が大きいのだろう、屋根を叩く音が大きい。

「久しぶりの雨ね……」

そんなのんびりしたことを言って、私はベッドに入った。

幕間　同期の文官ギルシュ

『隠れ家』から城まで走って帰ったヘンリーは、自分の席に着くなり頭を抱えた。

(間違いない。俺はマイさんを誰かに取られるかも、と思うと猫になる。そうかなとは思っていたが、今日の変身ではっきりした。マイさんは客商売だというのに、客にまで嫉妬して変身するなど狭量すぎる。マイさんに嫌がられるぞ)

うずたかく積んである書類の山に取り組み、心を落ち着かせる。仕事はいい。こなせば確実に進む。進んだ分だけ新しい仕事が回ってくるが、それも片っ端から片付ければいい。

だが、マイとの関係は全然進まない。いや、指の幅一本分ぐらいは進んでいる気もする。相変わらず猫の時だけはやたら距離が近いのだが、それがいいことなのか悪いことなのか判断がつかない。

クーロウ地区で勇気を振り絞って手をつないだとき、マイは顔色ひとつ変えなかった。恥じらう様子もなかった。迷子の話をしたら「ああ、なるほどね」みたいな顔をされた。

(俺、男と思われてないのか？　その辺の猫くらいに思われているのか？)

「ああ、もう」

「どうした優等生。仕事が上手くいっていないのか？」

「あ？　ああ、ギルシュか。なんの用だ？」

ギルシュはヘンリーと同じ二十五歳。同期の文官だ。金色の髪に青い瞳。身長こそヘンリーよりも五センチほど低いが、美しい筋肉が自慢の陽気な男。有能だが出世欲が薄い。ギルシュに言わせると「あんなに働いているヘンリーと俺の給料はさほど変わらない。三倍違うならまだしも、あれしか変わらないのなら、ほどほどに働いて楽しく暮らしたい」だそうだ。

ヘンリーの生真面目でお堅い雰囲気に気圧(けお)されて同期の仲間が誰も話しかけてこない中で、ギルシュは最初から気さくだった。ヘンリーも最初は（ずいぶん気軽に話しかけてくるヤツだな）と思っていたが、今では気を許して素で会話できる数少ない仲間だ。

「お前さ、旨(うま)い店に詳しいだろ？　俺、城の食事にほとほと飽きたんだよ。なんでメニューを変えないかね？　投書箱にもう三回も投書したのになあ。なあ、同期のよしみで俺に旨い店を教えてくれよ。城から遠くないところがいい」

「知らない」

「そんなわけないだろう」

「クーロウ地区の旨い店なら知っている。安いぞ」

「遠いわ！　俺はお前と違って平(ひら)の文官なんだ。一時半には仕事を始めなきゃならないんだよ」

なんと言われてもヘンリーは『隠れ家』を教えたくない。ギルシュはヘンリーから見ても容姿が整っている上に愛想がいい。恋人が途切れたことがない。ギルシュとマイが親しげに会話しているのを見たら、また猫になってしまう気がする。

さっきは体が熱くなることもなく、あっさりと猫化した。猫化に体が慣れてきたのだろうか。実母が「獣人はみんな十二、三歳くらいからそれを繰り返して、自分の意思で姿を変えられるようになる」と言っていた。

（俺は成長期の子供か！）

「ま、いいや、そのうちお前の食事に同行させてもらうわ。あ、そうだ、本題はそれじゃないんだ。魔法使いに仕事を割り振ってくれてありがとうな。街道整備がかなり進んだよ。魔法使いは扱いにくいが、さすがは国のお抱えだ。一人で一般人の三十人分、人によっては五十人分は仕事をしてくれる」

「そうだな。だが……有能な魔法使いは少ない。彼らに頼らずとも工事を進められるようにするほうが、長い目で見たら技術の発展のためにはいいのかもしれない」

ギルシュが目をパチパチしている。

「ギルシュ、俺を見ながら目をパチパチするな。気色悪い」

「ヘンリー、お前変わったな。以前は効率最優先だったのに」

「効率を考えてのことだ。長い目で見たとき、魔法使いに頼らずとも工事を完遂できるようにすることこそが効率的だと思うようになった」

ギルシュが真顔でヘンリーを見る。ヘンリーは（やはり顔のいい男だな）と思う。

「お前の言う長い目って、どのくらい長いんだ？」

「百……いや、三百年とか」

「は？　大丈夫か？　昼になんか悪いもんでも食ったのか？」

「旨いものを食った。心配いらない」

「ふうん」

ギルシュがふと窓の外を見た。

「おい、ヘンリー、真っ黒い雲が遠くに見える。久しぶりに雨か？」
「ああ、そのようだな。このところ雨が降らないから土埃が酷い。雨が降ってくれたら埃が落ち着いてちょうどいいな」

半獣人のヘンリーは天気の変化に敏感だ。今日は朝起きたときから天気が変わると知っていた。『隠れ家』で猫になったときも、ヒゲがビリビリした。

「今夜は早めに帰るかな」
「お前は毎日早いだろう」
「ははは。そうだった」

ギルシュは「とにかく、魔法使いを回してくれてありがとうな」と言って去っていった。

このウェルノス王国は乾燥した気候で、私はまだ長雨を経験したことがない。夏に夕立みたいな雨が降ったけれど、時間も短かったし回数も数えるほどだった。

冬にこんな強い雨が降るのね、とのんびりベッドの中から雨音を聞いていた。しかし、しばらくウトウトしていても雨音は激しくなるばかりだ。もはや雨音というより地響きみたいな音になっている。

「待ってよ。これちょっと異常じゃない？」

そのうち小やみになるかと思ったけれど、ドドドドという恐怖を感じるような雨音は強くなる一方だ。さすがに不安になってカーテンを開け、窓の外を見た。

「うそ……」

真っ暗な外を見るためにランプを窓に近づけると、外は雨で白く煙っていた。この家の屋根から滝のごとく雨が落ちている。道はと見下ろすと、わずかな傾斜に従って雨水がゴウゴウと流れていた。

道の補修で歩きまわったからこの辺りの地形は覚えたが、ここは平民が住む地区の中では少しだけ高い場所だ。それでもお城と比べるとだいぶ低い。

「ソフィアちゃんの家は川の近くって言ってたわよね」

この世界の治水はどのレベルなんだろう。川が氾濫したりするのだろうか。するだろうね。ディオンさんはソフィアちゃんを連れて避難しているだろうか。そもそも避難場所があるのだろうか。

心配して見ていると、急流に変わってしまった通りを歩いている人影らしきものがいくつか見えた。こんな雨の中、どこへ行くのだろう。

そのうちの一人が我が家に向かってくる。

「あの背の高さ……まさかヘンリーさん？」

慌ててガウンを羽織り、階段を駆け下りた。私が店のドアを開けるのとヘンリーさんがたどり着くのが同時。ヘンリーさんは全身がぐしょ濡(ぬ)れだ。

「どうしたんですか！　早く中に入って！」

「鐘の音、聞こえていますか？」

言われて耳を澄ました。

「ああ、なんか鳴っていますね。雨の音が酷くて気づきませんでした」

「そうじゃないかと思った。マイさんは今、一人ですか？」

「そりゃ夜中なので誰も来ていませんけど。なんで？」

「こんなときに来ないなんて、どういうつもりなんだ」

誰を怒っているのか。ご近所さん？

「ヘンリーさん？　誰のことを言っているの？」

「今その話はやめましょう。延々と罵（ののし）ってしまいそうだ。落ち着いて聞いてください。堤防が決壊したんです。ここは洪水の被害は受けないと思うけど、用心はしたほうがいい。この家は古いから屋根から雨水が入り込んだら崩れるかもしれない。今頃、低い土地の住人はみんな高台に避難しているはずです」

「じゃあ、私もすぐに着替えて行きます」

「そのほうがいい。高台まで案内します」

この世界には撥水（はっすい）性のレインコートなんかない。ヘンリーさんが着ているのは分厚い革のコートだ。

「濡れないように結界魔法を使います」

「俺たちの周囲だけ雨が降らなかったらバレますよ」

「いい方法があるんです」

私とヘンリーさんに、例の煙突付きステルス防犯ウエア状に結界を張った。煙突は雨が入らないようにTの字型だ。ヘンリーさんが私の全身を眺めている。

「これはまた変わった形の結界ですね……」

「夜道を安全に歩けるようにと考えたんですけど、雨を防ぐにもいいでしょう？　さあ、避難場所まで行きますか」

歩きだしてから少しして、雨音に負けないようにヘンリーさんが大きな声で話しかけてきた。

「これ、すごいですね。この雨でも全く濡れない。魔法部の人間に提案しても？」

「ヘンリーさんが思いついたことにしてくれるなら」

「ではそうします。ところでマイさん、あなたの頭の上で煙突が前後左右に大きく揺れていることに気づいてます？　こう、バヨンバヨン、みたいな感じですが」

「揺れてます？　重さがないから気づきませんでした。え、バヨンバヨン？　そんな滑稽な感じですか？」

「いえ、その、愛らしい感じです」

そう言いつつ、ヘンリーさんが必死に笑いを堪えている。むう。頭の上で煙突を揺らしながら歩く二十五歳はそんなに面白いのかしら。ヘンリーさんの結界煙突は全然揺れてない。なんで？

しばらく歩いてたどり着いた場所は、本当にただの高台だった。さすがに多くの人がいるから濡れていないことに気づかれないよう結界を消した。あっという間に全身がぐしょ濡れになる。濡れるとんでもなく寒い。

避難場所の広さは幼稚園の園庭ぐらいか。石のベンチはあるが建物どころか雨宿りする屋根もない。それでも川の水に流されるよりましってことだろう。みんな雨避けに布を被っているが、この雨じゃほとんど効果はないと思う。

ランタンを持っている人がところどころにいるから、うっすら広場の様子が見える。みんな自分の体を抱くようにして寒さに耐えている。老人も幼児も赤ちゃんもいる。水で流されなくても低体温症で死ぬ人が出るんじゃないだろうか。

ヘンリーさんの服を引っ張って、雨音に消されないように耳に口を近づけて話しかけた。

「この面積で試したことがありませんけど、結界を張ります」

「しかし……」

「このまま知らん顔はできないもの。もし結界を張ったのが私だってばれたら面倒なことになるでしょうけれど、この暗さだから大丈夫だと思います」

おばあちゃんに貰った力を自分のためだけに使うなんてこと、おばあちゃんだって望まないはず。

私の顔をジッと見ていたヘンリーさんがうなずいた。

「俺の背後でこっそりできますか？」

「こっそりもなにも、無言で念じるだけですから」

「そうでしたね。ではどうぞ。マイさんが疑われたら、俺がなんとかします」

高台を眺めながら広場全部を覆うイメージで魔力を放出した。キラキラ光る結界がドーム状に現れる。ところどころに換気用のT字型煙突を付けた。初めての広さだったけれど、問題なく結界を張れた。

「あれ？」

「なんだ？」

「いきなり雨が止んだのか？」

「いや、止んでない！　見ろよ！」

ドーム型の結界に沿って滝のような雨が伝わり落ちていく。結界に恐る恐る触れた人が「ここになんかある！　見えない壁があるぞ！」と叫んだ。それを聞いた人たちが結界に駆け寄って触り始める。

「なあ、これって結界ってやつじゃないのか？　ここに魔法使い様がいるってことだよな？」

「きっとそうだ。魔法使い様が俺たちを助けてくれたんだ」

「ありがたい。これでもう雨に打たれずに済む」

あちこちから嬉しそうな声が聞こえてくる。そして一斉にキョロキョロと魔法使いを探し始めている。平然としている人がいないから（私もキョロキョロして演技しなきゃ）と思ったのだが。

ヘンリーさんがコートのボタンを外し、コートの中に私を包んだ。

「ええと？」

「俺は体温が高いので。このほうが冷えません」

「ああ、そういうことでしたか」

さて、次は温風を出してみんなを温めなくては。

(温風、五十度。いや違うね。食器じゃないんだから四十度？　ドライヤーは百度くらいよね？　ええい、わかんないから四十度で！)

ドーム型の結界の天井部分に小型の台風を出した。差し渡し十メートルくらいの渦を巻く白い雲。それに気づいた人々がまた不安そうな顔になった。

「あれはなんだ？」「怖い」と怯えた声があちこちから聞こえてくる。大丈夫。温風を出すだけですよ。

「温かい風が吹いてくるぞ！」

「ああ、温かい。助かる！」

怯えた顔から再び明るい顔に変わっていく。中には「魔法使い様！　ありがとうございます！」と大声を出す人もいる。

(よかった。笑顔になってもらえた。おばあちゃん、おかげで人助けができたよ！)

ドーム型結界の中がジワリと温まる。冷たく濡れていた服が少しずつ乾いていく。あとはぐちゃぐちゃにぬかるんでいる地面を整えよう。このままじゃ足元から冷える。

心の中で地面が乾燥しつつ平らになっていくところをイメージしながら魔力を放つ。最近、夜に土魔法を連発しながらウォーキングをしていたことが役に立つ。全然疲れない。

地面の変化にみんなが気づいて、ザワザワしている。これで立ち続ける必要がなくなりましたよ。腰を下ろして休んでね。

「マイたん！」

ドン！　と小さな子供が抱きついてきた。ソフィアちゃんだった。ヘンリーさんのコートに包まれている私を不思議そうに見ているから、慌ててヘンリーさんから離れた。

「ソフィアちゃん！　よかった。無事だったのね」

「とうたん！　マイたんいた！」

「あっ、ディオンさん」

人々の間からディオンさんが近づいてきた。

「マイさんも避難していたんですね。これ、どういうことですかね。みんなこの中に魔法使い様がいるって言っているけど、それらしい人がいませんよね？」

「そうですねえ。でも助かりました。真冬にずぶ濡れはつらいもの」

「全くです。ソフィアがガタガタ震えていたから、本当に助かりました」

そこでディオンさんがヘンリーさんを見上げた。

「こちらさんはたしか……」

「うちのお客様です」

「あ、そうでしたね」

暗くて表情はよくわからないけれど、ヘンリーさんは猫化してないでしょうね？

「マイたん、あったかいね！」

「暖かいねえ。よかったねえ。雨が上がったらおうちに帰れるね。雨が上がるまで一緒にここにいようか」

「うん！」

「我が家はおそらく家の中に泥水が入っています。うちはそれ込みで家賃が安いんで」

ディオンさんの声に元気がない。

「そうなんですか。後片付けが大変ですね。私、お手伝いに行きます」

「いや、力仕事だから。女性には頼めません」

「力はなくてもお役に立つことは何かしらあるんじゃ」

「いや。泥をひたすらかき出して、その後は家中を水拭きするんです。こういうときは付き合いのある男連中が駆けつけてくれますから。大丈夫ですよ」

「そうですか……」

私がしゃしゃり出るのはかえって迷惑なのだろうか。詠唱なしで魔法が使える私なら、現場にさえ行ければこっそり手伝えるんだけどな。魔法使いであることを隠しているばかりに役立たずで申し訳ない。

「ではソフィアちゃんのことはいつでもお預かりします。遠慮しないでくださいね」

「ありがとうございます。助かります」

ディオンさんは知り合いに声をかけられ、ソフィアちゃんの手を引いて離れていった。

それからどのくらいたったろうか。ドームの外をずっと見ていた人たちが「雨が小降りになってきたぞ」「このまま止むといいな」と言っている。

「マイさん、手伝いたいんですか？」

「ええ。でも断られたのに押しかけるのはちょっと」

「俺がいい方法を考えておきます。マイさんはきっと、魔法で役に立てないことを申し訳なく思っているんでしょ？　何かあなたが魔法を使えるようないい方法を考えましょう」

あれ？　なんでわかったのかしら。

「俺も現場に行くことになりますから、何かあれば助けます。遠慮なく声をかけてください。文官は総出でこの手の被害を確認するのです。それに俺はあなたの忠実な助手です。俺を使ってください」

この人はやっぱりいろんな意味で優秀な人なんだなぁ。


結界ドームの中はすっかり暖まった。

地面を乾かしたから、皆が横になったり座ったりしている。私とヘンリーさんも腰を下ろした。

「被災者に温かい飲み物を提供するのは？　魔法ではありませんが、きっと喜ばれます。現場で様子を見たほうが必要な魔法がわかるでしょう」

「そうですね。飲み物だけじゃ腹の足しになりませんから、食べ物も出します」

「それは費用が大変……ではないのでしたね」

「ええ」

朝になり、雨がやっと上がった。着ている服はすっかり乾き、靴も湿っていない。そろそろ結界と温風を出す台風も消していいだろう。朝日が昇ってきたのをきっかけに結界を消した。とたんに冷たい空気に包まれる。

「うわ、寒ぃ」

「結界が消えたんだな」

それから避難していた全員が三々五々家を目指して動きだした。私たちも帰って眠ることにした。徹夜だったからへとへとだ。

「家が被害に遭った人たちは休める場所があるのでしょうか」

「こういう場合はお互い様なので、数日なら無事だった近所の人が部屋を貸し出します。家が壊れた人は国が三ヶ月限定で面倒を見ます」

「へぇ。仕組みがしっかりしていてすごいですね」

「相互に助け合う仕組みは、この国の麗しい習慣です。国と民が互いに力を合わせる善き習わしです。文官として、俺はこの国のそういう面を誇りに思っています」

ヘンリーさんがニコッと笑った。最近は笑顔を見せてくれることが増えた。

「私を心配して見に来てくれたことも、徹夜の避難に付き合っていただいたことも、嬉しかったです。本当にありがとうございました。心強かった」

そう言ってヘンリーさんの右手を両手でブンブン振ったら、お顔が真っ赤になった。そんな美形のくせに純情少年みたいだわ。

店の前まで送ってもらってヘンリーさんと別れた。別れ際にヘンリーさんが少し迷ってから話をしてくれた。

「実母と養父母以外、俺の本当の姿を知った人は離れていくものだと思っていました。でもマイさんは違いました。それがどれほどありがたいか、上手く伝えられないけど感謝しています」

「私だってこの世界では異物です。こっそり紛れ込んで生きているけど、案外楽しく暮らしています。私はヘンリーさんに会えてよかった。この先もヘンリーさんの元気がなくなることがあったら、私が元気を分けてあげますね」

ヘンリーさんは「ありがとう」とだけ言って帰った。

店内はわずかに床上浸水していた。ソフィアちゃんのおうちの辺りに比べたらたいしたことはないのだろうが、初めての経験にしばらく茫然とした。薄く泥が積もり、床板は水を吸い込み、店の中はアオコの浮いた沼みたいな悪臭がする。

「こういうときこそ魔法だわ」

店の外にテーブルと椅子を積み上げ、床に向かって水を出し続けた。水圧を調節して床に溜まった泥を押し流し、温風で乾燥させる。周囲の家も皆掃除をしているから、私の店のことは誰も気にしていない。椅子とテーブルを拭きあげて掃除が終わった。

「私の魔力の限界って、どのくらいなんだろう」

魔法でいくらでも水と温風を出せる。魔力量の普通がわからないけど、私って結構魔力の量が多いのではないだろうか。

店が元通りになったのは夕方だった。高台に避難した人を雨と寒さから守れたことに満足して、その夜は暗くなるのと同時にベッドに潜り込んだ。


翌朝は目の覚めるような青空が広がった。

本日の営業は昼だけにして、午後は炊き出しに向かうつもりだ。疲れた体に沁みるような、働く元気が出るような、温かい料理を持っていこう。

提供するメニューはソーセージと根菜類をたっぷり入れたクリームシチュー、鶏の揚げ物という名の唐揚げ、それとクッキー。念のために自分で作ったポーションも。ポーションを配るための試験管みたいな容器を四十本作って、ワインの瓶から詰め替えた。試験管はコップを変換した。

いつもなら午後二時にやってくるヘンリーさんが来ない。仕事が忙しいのだろう。私は野菜の下処理を続けている。

シチューは出来上がったらすぐに、火から外した。「火から外して冷ましている間に味がしみ込むんだよ。それを繰り返すと前の日に作ったみたいな味になる」というのはおばあちゃんの口癖だ。

シチューを冷ましている間に大量の唐揚げも揚げ終えた。

「ふう。ちょっと休もう」

厨房の棚には、茶葉や乾燥させた香草の瓶と一緒に猫とウサギのぬいぐるみが置いてある。それを眺めていたら昔のことを何か思い出しそうになった。なんだっけ。人形にまつわる出来事。喉元まで出かかっているのに思い出せなくて落ち着かない。

「料理の作り方も大切だけど、おばあちゃんは魔法を使えたのならそっちを教えてほしかったな。

あっ！」

　思い出した。私は子供時代、ミミちゃん人形を溺愛していた。そんなある日、ミミちゃんの妹ララちゃんが発売されたが、大人気のために品薄で待てど暮らせど買ってもらえなかった。

「マイ、クリスマスプレゼントはサンタさんに何をお願いするの？」

　お母さんにそう聞かれて「ララちゃん！」と即答したら、お母さんの顔が曇った。クリスマスシーズンはさらに入手困難だったのだろう。今思うと申し訳ないことをした。

　それでもクリスマスの朝、私の枕元にはララちゃんが置かれていた。なぜか箱に入っていなかったけれど、それでも私は大喜びした。

　ある日お友達のトモちゃんとお人形さんごっこで遊んでいたら「それ、偽物だよ」と言われた。

　当時の私はサンタさんが両親であることに薄々気づいていたから、両親を侮辱された気がして腹を立てた。

「偽物じゃないよ。なんでそんなことを言うの？」

「だってほら、ここにマークがないもん」

　友人の持っているララちゃんは、長い髪の毛を持ち上げたうなじに小さな刻印があった。急いで確認したら、私のララちゃんには刻印がなかった。

「ね？　マイちゃんの人形は偽物だよ。偽物をたくさん売って捕まった人がいるんだよ。お父さんがね、偽物を買う人も悪いって言ってた」

　子供は残酷だから、ぐうの音も出ないところまで詰められた。私はその夜、両親と祖父母の家族五人の夕食時に母に抗議した。

「お母さん、このララちゃんは偽物なの？　ここにマークがないから偽物だってトモちゃんに言われたよ？」

サンタさんを演じてくれていたお母さんに、正体は知っていますよと言わんばかりの抗議をした。本当にいろいろ申し訳ない。

その時お母さんが何と答えたのかは覚えていないのだが、慌てたお母さんが助けを求めるような表情でおばあちゃんを見たのは覚えている。そしておばあちゃんがお母さんに向かって一瞬だけ、実に申し訳なさそうな顔をした。

（なんでおばあちゃんがそんな顔をするんだろう）と不思議に思って、過去に何度も思い出した場面だ。

真面目を絵に描いたような両親と祖父母は偽物と知って買う人たちではなかった。もしかするとあのララちゃんはおばあちゃんが変換魔法で作り出したのではないか。本物が品薄だから、どこかで見た偽物のララちゃんを見本にしたのかもしれない。

もしそうならお母さんはおばあちゃんが魔法使いだと知っていたってことになる。これはもしかすると、私の記憶にはもっと魔法の思い出が隠れているのかもしれない。両親の記憶は少ないが、おばあちゃんの記憶ならいっぱいある。

「おばあちゃん、他にも思い出せたら楽しいね。記憶の宝探しをしてみるよ」

ぬいぐるみを眺めながら、おばあちゃんに話しかけた。

シチューの入った大きな寸胴鍋（ずんどう）二つを縄でぐるぐる巻きにしていたらヘンリーさんが来た。

「あら、いらっしゃい。お仕事は？」

「休憩時間に来ました。差し入れをするなら手伝います」

「荷車を魔法で作ったら出かけますね」

「荷車を作るところ、見てもいいですか？」

「どうぞ。せっかくなのでクリームシチューを味見しながら見ませんか？」

ヘンリーさんの顔がパッと明るくなった。これは昼食を食べずにここに来たわね？　すぐに深皿によそって風魔法で冷まして出した。

ヘンリーさんの目の前で、店のテーブルと椅子に変換魔法をかけた。テーブルと椅子が消えて小さな荷車が現れる。

「こんな感じです」

ヘンリーさんを見たら、スプーンでシチューをすくった状態で目と口を丸くしていた。

「魔法の国の住人なのに、なぜそんなに驚くんです？」

「シャワーは水魔法と火魔法、温風は風魔法と火魔法の併用だなとわかりましたけど、こんな魔法は見たことがないから」

「あら、そうなんですか？　さ、これに鍋とお皿とスプーンを積んで出発しましょう。クッキーとポーションもおよそ四十人分はあります。ただ、ポーションにどの程度の効き目があるかは……」

「ポーションも？　それは助かります。では篤志家からの差し入れということにして現場で他のポーションに紛れ込ませます。鑑定係が中身を調べてから渡すので安心してください」

私はポーションがどこで売られているのか知らなかった。だから現場でポーションのことをどう説明しようかずっと考えていたのに。私の悩みは瞬時に解決されてしまった。

洪水の現場で、私の差し入れはあっという間になくなった。

ポーションは国から提供されたものと篤志家からの寄付でたくさん集まっていた。それらの箱の隣にヘンリーさんが「これも篤志家から受け取りました」と言ってさりげなく並べて置いた。

現地には大きなテントが張られ、医師も来ている。具合の悪い人や怪我をしている人がテントに集まっていた。国の対応の早さと手慣れた動きに感心していたら、ソフィアちゃんとカリーンさんが料理のお礼を言いに来てくれた。

「大変美味しくありがたく頂きました。料理どころじゃなかったので、本当に助かりました」と頭を下げるカリーンさん。ソフィアちゃんはいつもより元気がなくて下を向いている。

「流された家が数軒あった以外は家の中に泥水が入っただけでした。流された人は一人もいないんですよ」

「それは不幸中の幸いでしたね」

「私たちの一番の財産は自分の命ですから。あの雨の最中に、みんな早々と避難したんです。今回は魔法使い様がいてくださって助かりましたけど、真冬にあんな状態だったでしょう？　これは老人と子供から倒れるなって覚悟していました。結界を出していただけて本当にありがたかったわ」

カリーンさんは後片付けで疲れている様子。ソフィアちゃんは下を向いて表情が暗い。

「ソフィアちゃんは元気がないねえ」

「フィーちゃん、マイたんのおうち行きたい」

「ソフィア！　またそういうわがままを言う！」

ソフィアちゃんが立ち話をしている私に抱きついた。

「ソフィアちゃん？　どうした？」

「ばあばが怒るの」

「お約束を守らないから怒られるんでしょう？　さあ、帰るわよ」

ソフィアちゃんは背中を丸め、うつむいて帰っていく。ドナドナの曲が脳内に再生されるような萎(しお)れっぷりだ。三歳児に約束事を教えるのは大変なんだろうね。頑張って、カリーンさん、ソフィアちゃん。

ぬかるむ道を荷車を引いて帰る。

行きの重い荷車はヘンリーさんが引いてくれた。何度もぬかるみに車輪がはまり込んで往生したが、そのつどヘンリーさんが持ち上げて抜け出させてくれた。周囲に人がいて魔法で道を固めるわけにもいかなかったから助かった。

「こうなると思って駆けつけたのです」

「助かりました。ありがとうございます。さすができる男は違いますねえ」

「そんなこと……」

照れるヘンリーさんは可愛らしく、店に来始めた頃の「クールで有能な文官様」のイメージからはだいぶ変わった。

家に到着し、これからまだ仕事だというヘンリーさんと別れた。

まずはお風呂に入った。柑橘の皮をたくさん浮かべたからいい香りだ。

市場で売られている柑橘類は日本のものほど甘くないし種が多いけど、私はありがたく実も皮も使っている。実はジュースに、皮は干してお湯に浮かべて使う。汗が出るまでゆっくりお湯に浸かってから出た。

バスローブ姿で髪を乾かしていたら、小さくドアをノックする音。遅い時間だったから、まずはカーテンを少し開けてドアの向こうに誰がいるのかを見た。

「うそ！」

慌ててドアを開ける。ソフィアちゃんが立っていたのだ。しかも真冬なのにコートも着ていないワンピース型の寝間着姿だ。

「どうしたの！　お父さんは？　おばあちゃんは？」

「フィーちゃん一人で来た」

「こんな夜遅くに！　そんな薄着で！」

思わず抱きしめて持ち上げた。冷えた体を抱き上げるとみっちり重い。抱っこで運ぼうとしたけれど、その重さに三歩で諦めて下ろした。三歳児って、こんなに重かったのか。十五キロぐらいはありそう。この重さを背負って左官仕事をしていたディオンさんはすごいね。

「とうたんきやい。ばあばもきやい」

「嫌いなんて言ったら、お父さんもばあばも泣いちゃうよ？」

夜も遅いし寒いけど、連絡手段がないからこちらからソフィアちゃんの家に行くしかない。幼女連れの夜道は危険だけれど、このままにはしておけない。

「ソフィアちゃん、私と一緒におうちに帰ろう？」

「やだ。フィーちゃん、フィーちゃん、もうヤなの」

「なにがあったの？」

そう尋ねても両手をグーにして、口を固く結んで答えない。目が涙で潤んでいる。預かっているとき、こんなことは一度もなかった。聞き分けのいい子だと思っていたけど、こんな面もあるのか。

「きっと今頃お父さんが心配して捜し回っているわよ？」

「きやいだもん」

ソフィアちゃんは店の隅にある二人掛けのソファーに駆け寄った。そしてソファーによじ登り、ダンゴムシみたいに丸まったまま動かない。私にはこの子を抱っこで連れ帰るのは絶対に無理だ。

「ソフィアちゃん、これから私と一緒に……」

「おなか痛い」

「えっ」

ソフィアちゃんがおなかを押さえている。

「どの辺りが痛いの?」

「ここ」

下っ腹が痛いらしい。二人掛けのソファーに仰向けにさせた。子供の頃の私が腹痛を訴えると、お母さんもおばあちゃんもおなかを「の」の字にさすってくれた。それを思い出して真似をしたが、それも「痛い」と言って嫌がる。

「おなか痛い。痛い」

涙がみるみる目の中で盛り上がる。痛いのは本当のようだ。どうしよう。ポーションを作って飲ませる? あの不味いのを飲んでくれるだろうか。おなかが痛いなら余計に無理だろうなあ。

途方に暮れながらソフィアちゃんの背中と腰をさすっていたら、服の下で何かがモゾモゾと動いた。

悲鳴を上げそうになったが唇を噛んで堪えた。

ゆったりしたワンピースの下で何かが動いている。怖い怖い怖いっ! 心臓をバクバクさせながら見ていたら、ワンピース型寝間着の裾を持ち上げて尻尾がピョコッと現れた。持ち上がった裾から出ていたムチムチの腿にみるみるうちに毛が生えてくる。体の形も変わっていく。初めて見る変身に圧倒された。

(これって……これって)

「服、きつい。きついよぉ」

「わかった。わかったよ。今脱がせるから泣かないで」

肩と腕が服に引っ張られて身動きが取れないらしい。肩の関節を傷めないよう気をつけて服を脱がせた。ゆったりした寝間着じゃなかったら、脱がせられなかっただろう。

大きさが三歳児サイズだけど、太い脚で丸い頭の子犬だ。三頭身くらいか。

黒白茶色が混じっていて、将来絶対にかっこいい美犬になる子犬。前脚の明るい茶色が、人間の時の髪の色とおんなじ子犬。

ソフィアちゃんが子犬の姿で切羽詰まった感じに訴える。

「おなか痛い。うんちっち出る」

「ええとええと、どうしたらいい？　ちょ、ちょっと待って！　待って待って！　お外行こう。行こうね！」

ピィピィと鼻を鳴らし、床の匂いを嗅ぎながらクルクル回り始めた。

うんちっちの場所を探してる！　そういえばこの子、おむつ取れたてだった！

モフモフの体を抱え上げて裏庭に走った。

用を足して腹痛が治まったらしい犬ソフィアちゃんが、今度はどんどん人間に戻っていく。なにそれ早い！　ヘンリーさんはそんなに早くなかった。この寒空の下で裸になっちゃうじゃないか。

ソフィアちゃんを荷物のように脇に抱え、今度は家に駆け戻る。大至急で服を着せた。

ゼェゼェ言っている私とスッキリした顔のソフィアちゃん。

（おばあちゃん、この世界は驚くことがありすぎるよ）

「ソフィアちゃん、犬型獣人だったんだね」

「ジュージン？」

「そんな言葉は知らないか……」

「ワンワンになると、ばあばが怒る」

ああ、そういうことか。こんな可愛い子が外で子犬になったり人間に戻ったりしたら、それは危険すぎる。連れ去られちゃうわ。家族が心配するのも無理はない。

「ばあばがダメって怒る」

「それは怒っているんじゃないよ。心配しているの」

「わざとじゃない！」

「そうだねえ。わざとじゃないねえ。それもわかる」

早く家に戻さないと騒ぎになる。いや、もうなっているかも。ソフィアちゃんが半目になってうつらうつらし始めた。やめて。

「ソフィアちゃん、寝ないで。まだ寝ないで。私と一緒におうちに帰ろう？」

肩を揺すっても白目の薄目を開けるだけ。返事をしない。幼児って、こんなにいきなり電池が切れるんだ？　たった今、私と会話してたよね？　嘘みたい。本当に寝ちゃったわ。

さて。この子を荷車に乗せて運ばなくては。急がないとご家族が気の毒だ。

まずは荷車の準備をした。荷台に毛布を敷き、ソフィアちゃんを寝かせ、毛布を二つ折りにして掛けた。

私も暖かい服装に着替え、私と荷車全体を包むように結界を張ってから外に出る。

「行きますか」

　大雨で道は元通りのでこぼこ道に戻っているが、今夜は道を平らにするのを諦めよう。悪い奴に襲われないよう、周囲に神経を配りたい。結界のおかげで寒くはない。真っ暗な中、荷車を引いて歩く。東京の下町で暮らしていた頃には想像もしなかった現実に、ゆるい笑いが込み上げてくる。

（おばあちゃん、私、犬型獣人の子供を載せて荷車を引いているわよ。びっくりよ）

　もう明かりを消している家が多く、道は暗い。お月様を恋しく思いながら荷車を引く。

　ソフィアちゃんの家がどこかわからないけど、とりあえず川の方へと通りを進む。行った先で聞きまくろう。三十分ほど歩いただろうか。静かな夜道にタッタッタッタッと軽快な足音がこちらに近づいてくる。複数だ。

（誰？　何人来る？）

　さすがに知り合いもいない地区の夜道は怖い。水魔法を放つべく体内で魔力を練る。

「ソフィアー！　返事をしなさい！　ソフィアー！」

「ディオンさん？　ディオンさんですか？　こっちです！」

　複数の足音が集まってくる。引きつった表情のディオンさん、半泣きのカリーンさん、初めて見る中年男性はおじいちゃんか。結界を消し、大きく手を振った。

「マイさん！　ソフィア！　ああ、よかった！　無事だった！　俺、もう二度とソフィアに会えないのかと……」

「マイさんがソフィアを保護してくれたんですね？　ありがとうございます！」

お礼を言うカリーンさんがソフィアちゃんを眺めながら泣きだした。

「うちのお店まで一人で歩いて来たんです」

ディオンさんが崩れ落ちた。膝の力が抜けたみたい。おじいちゃんは私に頭を下げた後、脱力して星空を見上げている。

「私もドアの外に立っているのを見たとき、ギョッとしました。歩き疲れたらしくて、うちに来たらすぐに眠ってしまいました。おうちはまだ遠いんですか？」

ディオンさんが目元をグイッと手の甲で拭ってから私を見た。

「この近くです。汚い家ですが、お茶の一杯も飲んでいってください」

「いえいえ、このまま帰ります」

「マイさん、ソフィアは、その……ソフィアは……」

聞かれている。変身したのかと聞かれている。絶対そう。

カリーンさんとおじいちゃんが私を見つめている。どうしようかと迷ったけど、正直に答えることにした。

「ソフィアちゃんは短い時間だけ姿が変わりました。でも、見なかったことにします。誰にもしゃべりません。お約束します」

短い沈黙。それから四十代と思われるおじいちゃんがソフィアちゃんを抱き上げ、渋い声を出した。

「お嬢さん、ソフィアがお世話になりました。ディオン、お嬢さんを送って差し上げろ。ソフィアは俺たちが連れて帰る」

「はい、父さん」

おお。おじいちゃんは群れのリーダーっぽい。

「お嬢さん、お礼は明日にでも」

「マイさん、ありがとうね」

「お礼はお気持ちだけで。カリーンさん、またソフィアちゃんを預けてね。大丈夫だから」

それには返事がなかった。おじいちゃんとカリーンさんに見送られて、ディオンさんと家に向かう。荷車はディオンさんがそっと手をかけたので任せることにした。

しばらく沈黙して歩いた。筋肉ムキムキのディオンさんが一緒なので暗い夜道も安心だ。だいぶ歩いてから、ディオンさんが前を向いたまま話しかけてきた。

「ソフィア、なにか言っていましたか」

「ええ。犬になると怒られるって。わざとじゃないって言っていました。だから『怒っているんじゃない、心配してるんだよ』と言いましたが、伝わったかどうか」

また沈黙。

「驚いたでしょ？　恐ろしかったですか？」

「ソフィアちゃんが恐ろしかったかってこと？　恐ろしいわけないです。可愛くて可愛くて。夢かと思いました」

「可愛い？」

「太い脚も、大きな頭も、ぽんぽこりんのおなかも、小さな耳も、全部可愛かったです。茶色い眉毛も最高に愛らしくて。ただ、人間に戻ると裸になっちゃうから。街の中で姿を変えたら、ものすごく危険ですよね」

「そうなんです。普通はあんな幼い子は変身しません。大雨の前日に怖い思いをして、それがきっかけになったみたいで」

何があったか聞いてもいいのだろうか。興味本位で聞いちゃいけないよね。

「マイさんは何があったのか、聞かないんですね」

「ディオンさんが話してくれることは聞きます。私からグイグイ質問したら、ただの興味本位でしょう？　ソフィアちゃんが怖い思いをしたのなら、興味本位では聞きたくないから」

ディオンさんがしばらく沈黙してから事情を話してくれた。

「ソフィアには『つながれている犬に近づいてはならない、目を見つめてもいけない。逃げられない犬は、自分を守るために噛むことがある』と、しつこいほど繰り返し教えてきました。でもまだ三歳だから……」

ああ、怖い話になりそうだ。

「夕方、おふくろがソフィアを連れて野草を摘みに行きました。その時にイノシシ猟帰りの集団が近くを通りかかったんです。おふくろが止める間もなく、ソフィアがその集団の方に駆け寄り、先頭の犬をじっと見たそうです。すぐ近くではなく、結構距離はあったようですが、犬にしてみれば挑発するように近づく生意気な態度に見えたのでしょう」

はああ、とディオンさんが震える息を吐いた。

「先頭の犬は群れを率いる血気盛んな若犬だったのです。宥めようとする貴族の使用人を振り切り、紐をつけたままソフィアに飛びかかって押し倒したそうです」

「うわ……。それ、ソフィアちゃんより大きな猟犬だったんじゃ」

「ソフィアの倍はあったそうです。犬は幸い口輪をしていましたが、何度もソフィアを噛もうとしたのです。母が駆け寄ってその猟犬を追い払ったのですが……」

ソフィアちゃんは殺されるかと思うほどの恐怖体験をしたんだ。気の毒に。どれほど怖かっただろう。

「ソフィアはその日の夜、うなされながら変身しました。それ以降、ちょっとしたことで姿を変えるようになってしまって」

ディオンさんがしんみりしている。

「普段なら犬は犬型獣人を襲わないんです。俺たちが獣化すれば犬は敵いませんから。でも人間の姿のソフィアは自分より下位の犬だと思われたのでしょう」

「ソフィアちゃん気の毒に……」

「あの子が人の多いところで変身したらと思うと不安で。俺もおふくろも、心配のあまりついついきつい口調で『二度とつながれている犬に近寄るな』『街の中で犬になったら大変なことになる』と注意していました。あの子が家出したのは俺のせいです」

誰もどうしたらいいかわからない話だ。

「ディオンさん、またソフィアちゃんを預けてくれますか？　客商売ではあるけれど、お客さんの目に触れないように工夫しますから」

「でも、もしお客さんに知られたら、マイさんに迷惑がかかりますから」

「だって、ディオンさんがおんぶして働くほうが人目につくわ。私ね、誰かの役に立ちたいの。ソフィアちゃんを預かることでお役に立てるなら、嬉しいですよ」

ディオンさんが少し考えてから返事をしてくれた。

「今のソフィアの状態では、俺の一存では決められません。両親と相談させてください」

「もちろんです」

『隠れ家』に着き、、ディオンさんは帰った。

暖炉に火を入れた。湯上がりだったから結界を張っても体は冷えている。

ディオンさんが真冬に半袖で働いているのも、ソフィアちゃんがたいして寒そうな様子も見せずに薄着でここまで来たのも、犬型獣人だったからだろうと納得した。人間の子供じゃ、あんな薄着で冬の夜道を何キロも歩くのは無理だ。

「興奮しすぎてだるい……」

ソフィアちゃんに尻尾が現れたあたりから、興奮してアドレナリンが大量に放出されていたのだと思う。重くて抱っこは無理と思ったはずなのに、ソフィアちゃんを羽根枕かなんかみたいに軽々と小脇に抱えて走ったわ。

「あの時の私、瞳孔全開だったんじゃない？　ふふふ。ああ、だるい。寝る前だけど、何かおなかに入れよう。眠れそうにないわ」

　皮つきのままお芋を四つに切って鍋に入れ、暖炉の火でゆでた。ゆであがったお芋にバターと香草塩をつけて食べた。お芋はこの国の大切な主食のひとつだ。

「このお芋をジャガイモに変換できるかな。できたら裏庭に植えて、こっそり自分のためだけに増やしたいな。このお芋も不味くはないけど、日本のジャガイモのほうがやっぱり美味しい」

　ドングリをコーヒー豆に変換できるから、たぶんできる。

　その思いつきに満足したら、やっと眠気がきた。


　翌日、ありあわせの布で客席と厨房の間にのれんを下げた。のれんをめくって露骨に覗き込もうとしない限り、厨房の中は見えない。

「これでよし」

　ソフィアちゃんは来ていない。しばらくカリーンさんが家で面倒を見るそうだ。私もそれがいいと思った。預かりたいのは私の勝手だもの。

　ぼちぼち客足が戻ってきたが、大雨の前に比べたら暇だ。

　お昼を過ぎ、午後二時になってもヘンリーさんは来ない。忙しいのでしょうね。私は『休憩中』の札を下げて、近くのブナの木のところまでドングリを拾いに行った。

　ドングリを拾い、小袋が一杯になったところで市場に向かう。今日も差し入れを持っていくつもりで材料を買い集めた。今日はモツ煮を差し入れるつもりだ。本当なら八丁味噌でこっくりと煮込みたいところだけれど、この国にはこの国の味がある。この国のモツ料理はニンニクとショウガ、赤ワイン、岩塩、鶏ガラのスープなどを使う。

大量の豚のモツを買って木製キャリーケースに入れて運んだ。

鍋の蓋と本体をパン生地で閉じながらぐるりと一周させる。圧力をかけてとろけるようなモツにすれば、子供やお年寄りも食べやすい。パン生地は様子を見て一部剥がせばいい。

この国のモツ料理は（いつ飲み込めばいいかな）と迷うタイプ。日本にもそのタイプがあったけど、私は柔らかいモツ煮が好きだ。

大きな寸胴鍋二つ分のモツ煮が出来上がった。口直しのニンジンとカブのピクルスもたくさん作った。ひと仕事を終えて自作のコーヒーを飲んだのだが。

なんだろう、『喫茶リヨ』のコーヒーとは味が違う。自分が知っているものを忠実に再現できるわけじゃないのだろうか。

荷車に料理を全部載せて出かけようとしていたらヘンリーさんが来てくれた。（ああ、この人疲れているわ）と思う顔をしている。ちゃんと寝ているのかな。

「ヘンリーさん、料理を運ぶために何キロも往復するのは大変でしょう。私は好きでやっていることですから、ヘンリーさんは貴重な昼休憩を使わなくてもいいんですよ？」

「俺は助手として好きでやっていることですから」

そう言われると何も言えず、でもなんだかモヤモヤした。

「迷惑ですか？」

「迷惑で言っているんじゃありません」

「あの、この匂いは？　香ばしい匂いがする。初めて嗅ぐ匂いだ」

「コーヒーの香りです。元の世界で毎日飲んでいたものを作ったんですけど、なんだか微妙に雑味があって、どうしてかなと思っていたところです。飲みますか？　苦いですが」

「ぜひ」

コーヒーを差し出すと、ヘンリーさんはじっくり香りを確かめてから飲んでくれた。

「苦いですね。でも香りがいい」

「本物はもっとすっきりしたコクがあるんですけどね。ドングリじゃだめなのかな」

「ドングリを材料に使ったんですか？」

「はい。コーヒー豆に変換したんだけど、なんだか味が少し違うんです」

ヘンリーさんが何か言いたげな目で私を見る。

「なんでしょう。また私が知らないことがあるんでしょうか」

「マイさんは子供の頃、ドングリで遊びましたか？」

「遊んだと思います。でも、そんなに熱心に遊んだわけじゃ。どうして？」

「少々言いにくいんですが……」

「やだ、なに？　怖い話？　この世界のドングリは毒があるなんて言わないですよね？」

「まさか」

しばらくためらったヘンリーさんが、妙に優しい顔で話し始めた。

「子供の頃、たくさんのドングリを家に持ち帰ったことがあります。そのまま忘れて机の上に置いていたら、しばらくして侍女たちが悲鳴を上げる事件がありました。養母に『ドングリで遊んでもいいが家の中に持ち込んではいけない』と注意されました。ドングリは栄養がありますからね」

十秒ぐらいしてから何を言われているのか理解して、私は流しに駆け寄ってペッ！　とコーヒーを吐き出した。貴族のご令息の前だけど、気にしていられなかった。

全然知らなかったんだけど！　たまに穴が開いているドングリがあるな、とは思っていたけど、虫が入り込んでいることに思い至らなかった！

何度も丁寧に口をゆすいだけれど、今さらですよ。さんざん飲んでしまったもの。

そうか。純粋なドングリだけなら、また風味が違うのかも。試してみよう。

「勉強になりました。ありがとうございます」

「マイさんでも知らないことがあるんですね」

「知らないことだらけです。それよりヘンリーさん、お昼は？」

「食べてきましたよ。さあ、出発しましょう」

道を歩きながら、ヘンリーさんが何気ない感じに質問してきた。

「厨房を覗く人間がいるんですか？」

「ああ、あの布ですか？　いえ、そういうわけでは」

「忙しいときにあの布は邪魔なはずです。何かあったから、邪魔を承知で取り付けたのでは？」

「ええと、ごめんなさい。嘘をつきたくないから、あの布の理由は言えません」

「そうですか。すみません、立ち入ったことを聞きました」

相変わらず鋭い人だなと感心した。そしてソフィアちゃんのことは言うわけにいかない。

「ごめんなさい。言えないんです」

「いえ。それともうひとつ、立ち入ったことを聞くのは承知の上で、聞いてもいいですか？」

「はい、なんでしょう」

「洪水が起きているときに、マイさんの恋人は駆けつけてこなかったでしょう？」

なんで私に恋人がいる前提？　そういえば大雨の時、「一人なのか」って聞かれたね。

「マイさんの恋人は、マイさんを大切にしてくれていますか？」

「私、恋人はいませんけど？　なんで私に恋人がいると思うんです？」

「あれ？　『酒場ロミ』で春待ち祭りの話をしていましたよね？」

「しましたね。春待ち祭りを知らなかったから、教えてもらいましたね」

「その時に『恋人と一緒に楽しむ』って言っていましたよね？」

いや、言っていないね。ロミさんがそれっぽいことを言ったから、適当に相槌を打っただけよ。

「あれは、春待ち祭りを知らない私のことをどう思われるのか心配だったから。ハイハイと適当に相槌を打って話を合わせただけです」

「……ええぇ」

すんごく小さな声でヘンリーさんが驚いている。この話の流れはもしや私のことが好きということなのかな。それは自意識過剰かな。

だけど、思い出せ私。たしか年末ぐらいにヘンリーさんを「好きでもない女に振られた男」にしちゃったじゃないか。あの時ヘンリーさんはなんて言ったっけ。

たしか、たしか、『自分を異性として意識しているわけではないのはわかっているから安心して』みたいなことを言っていたよね。安心しろってことは、『自分もあなたをそういう目で見てないから安心しろ』ということでは？

だあっ！　わからぬ！

私が黙り込んだら、ヘンリーさんも黙り込んだ。ここで黙り込むってことは「じゃあ、俺はどう？」っていう気持ちはないってことよね？　もう一度ヘンリーさんを好きでもない女に振られた男にするのは、さすがに食堂の店主として失格ですよ。

『喫茶リヨ』のお客さんたちは、みんな「マイちゃんはいい人いないの？　じゃあ俺が立候補しちゃおっかな」って軽く言っていたよね？　今だって助手としてって言っているから、善意で来てるってことよね？

正直、ヘンリーさんの気持ちも自分の気持ちもはっきりしないから、ここは余計なことを言うまい。

この日、モツ煮が大好評だったので、また作ろうと思いながら帰った。

幕間　ギルシュの忠告

恋人がギルシュの部屋を出ていこうとして、「ああ、そうだ！」と笑顔で振り返った。

「父と母が魔法使い様に感謝していたわ。私の両親、市場まで毎日荷車を引いて通っているでしょう？　あんなにきれいな道にしてもらって、本当に楽になったと言っているの。それも一夜にしてツルツルのテカテカになっているんだから、魔法使い様ってすごいわよね。よろしくお伝えしてくれる？　民草が感謝しておりますって」

「ああ、わかった」

ギルシュは笑顔でそう返事したが、短い時間にいろんなことを考えた。

恋人には言っていないが、半年前からギルシュは道路整備の仕事を管理している。市場周辺の道は、大通りはともかく、恋人の実家から市場に至るまでの道はほぼ土の道で、まだそこまで整備する余裕がない。それが一夜にしてきれいになっているということは、恋人が言うように魔法使いがやったということだ。

「魔法使いを夜働かせられる人間なんて、ヘンリーしかいない。だが、さすがに国の宝にそんなことをさせるのはまずいだろう」

ギルシュにとってヘンリーは自慢の同期だ。鳩(はと)の群れを追い越すハヤブサのように出世したヘンリーは、もはや妬(ねた)みややっかみの対象ではない。彼はどこまで出世するのだろうという興味すら抱いている。

そんなヘンリーにギルシュは助けられたことがある。

何年も前のこと、ギルシュは発注書の数字を間違えて書いて業者に渡したのだ。

その結果、城の外壁に使う高級な石材を予定の三倍も頼んでしまった。

何日もたってからその誤りに気づき、青くなって訂正に走った。だが、相手はすでに取引先の石材業者に発注してしまったあとだった。

ギルシュはヘンリーに「条件と引き換えに注文を訂正できないだろうか」と相談した。それを聞いたヘンリーは「それは業者に借りを作ることになるからやめたほうがいい。わかった。俺がなんとかするよ」と言って動いてくれた。

ヘンリーはあちこちに掛け合い、「まとめて買ってその分運賃や人件費を削減したほうがよい」と説得してくれた。おかげでギルシュの失敗は失敗ではなくなった。

その件以降、ギルシュにはヘンリーを守ろうという気持ちがある。だから上層部が知ったら激怒しそうな話を聞いて、ヘンリーに忠告しなくては、と思った。

翌朝のこと。

「ヘンリー、魔法使いを夜働かせているのか？　まずいって。お前のことだから何かしら交換条件を出して納得させているのだろうけど、偉いご老人たちが聞いたら問題になるぞ」

するとヘンリーは少し考えるような顔をした。

「ええと、それはどこの地区のことを言っているのかな？」

「西門から入って市場に行くまでの道だよ。全部夜のうちにツルツルのテカテカにしたそうじゃないか」

ヘンリーは珍しく目元で笑いながら「ああ、そうだね。忠告ありがとう。そんな忠告をしてくれるのはお前だけだな。恩に着るよ」と言う。

ギルシュの忠告をあっさり受け入れて、ヘンリーがまた書類の山に向かおうとした。ギルシュは(お節介のついでだ)と普段から思っていることを伝えることにした。

「お前、最近は財務部の役職がやる仕事も押し付けられているだろう。引き受けることないって。断れよ。きりがない」

「あれは最初は押し付けられたが、今は進んでやっている。予算の流れを把握しておくと、何かと便利なんだ。各部の動きを俺がさりげなく誘導できるからな」

ギルシュは「えっ」と言ったきり呆(あき)れてしまう。

「まさか宰相の地位を狙っているんじゃないだろうな」

「子爵の身分では宰相は厳しいだろう。宰相を誘導できるぐらい有能な文官になろうとは思っている」

真顔で言うヘンリーに、ギルシュは「ヘンリー、お前、実はおっそろしい男だったんだな」と言って首を振りながら自分の席に戻った。

ヘンリーはその日の午後、マイと二人になったところで話を切り出した。

「夜間に道路をきれいにしているの、マイさんでしょう？　噂になっているから、やり方に注意した方がいいです。どうしてもやりたいなら、次の場所が予測不能なように動かないと」

　マイは「あっ」という顔で赤くなった。

「効率よく道路整備をしたいのなら、週に一度、助手の馬に乗って整備しませんか」

　断られるかと思ったが、マイはコクコクとうなずいた。

「いつかはバレると思ったので、休み休み場所を変えてやっていたんですけど」

「文官で怪しんだ者がいるんです。用心したほうがいい。馬に乗って魔法を使えばいいですよ。誰かに何か聞かれたら、俺に出かけようと誘われた、と言えばいい」

「いいんですか？　ありがとうございます。馬に乗れるのは嬉しいです」

（そこは俺と夜出かけるのが嬉しい、じゃないのか）とヘンリーは笑顔の裏でガッカリした。

第六章　魔法使いのグリド氏

　洪水現場に提供されたポーションの空き瓶が城に戻ってきた。

　雑用係のモルが受け取り、一階の洗い場で丁寧に洗浄している。城で使われる瓶は洗浄後にひびが入っていないか入念に目視で点検され、水魔法と火魔法を使って清められる。

　魔法使いのマイヤーが洗い場を通りかかり、モルの手元を覗き込んだ。

「おう、瓶が戻ってきたか」

「はい」

モルの手元を見て、マイヤーは首を傾げた。

(あれ？　数が多くないか？)

魔法部が作って軍部に納めたポーションのうち、どこに何本使用したかは軍からその都度連絡が来る。マイヤーはキリアスから五十本が被災地に運ばれたと連絡を受けていた。だが、今雑用係が洗っているガラス瓶はその倍近くある。不思議に思ってモルの手元にある瓶の数を数えたら、九十本あった。

「そんなはずは」

マイヤーがそうつぶやくと、モルが心配そうな顔をした。

「なにか不手際がございましたか」

「ううん。君は何も心配しなくていいよ」

マイヤーはそう言って、全部の瓶をチェックした。

瓶の形が細長い筒状なのは城のも店のも同じ。以前は豪華な装飾を施された瓶が使われていたが、ジュゼル・リーズリーが長になったときに装飾の廃止を国王に直訴してやめさせた経緯がある。

「ポーションの役目は怪我や病気を治すことです。使い終わった瓶は魔法によって清めなければなりませんが、華美な装飾のせいで瓶を清めるための魔力が無駄に消費されます。全くもって愚行の極み。陛下、どうか瓶は市販のものと同じ装飾がないものに変更させてください」

国王はその場でリーズリー氏の要求を受け入れた。それ以降、ポーションの瓶は市販の品と同じだ。だが、魔法部が使うポーションの瓶は市販のポーション瓶とはほんの少し違う箇所がある。ガラス瓶の内側の底にごく小さな三角の模様がつけられているのだ。

瓶の作成時にうっかりついてしまった道具の先端の跡のように見えるが、実はそれが目印だ。

目印は魔法使い、軍医ベルゼン、ポーション鑑定係、あとは宰相しか知らない。しかも目印の形と場所は定期的に変えられ、古い目印がついた瓶は廃棄される。

マイヤーが見たところ九十本全部、三角の模様があった。

(どういうことだ?)と首を傾げながら階段を上り、魔法部の部屋のドアを開けた。部屋にいたのはキリアスだけだった。

「マイヤー、おかえり。今日は道路整備だったね。他のみんなは堤防の修理に出ている。僕はこれから一人で土砂崩れの現場に向かうよ」

「なあ、キリアス。洪水の現場に国が提供したポーションは、五十本と言っていなかったか?」

「そうだよ。ポーションがどうかした?」

「瓶が九十本戻ってきているんだ。市販品が交じっているのかと思って全部チェックしたけど、どれも魔法部用の印があった」

「そう……わかった。僕が確認するよ。そしてそのまま工事現場に行くね」

「ああ、頼むな。瓶は今、雑用係の子が下で洗っている」

キリアスは何気ない顔で魔法部を出たが、ドアを閉めるなり険しい顔になった。

（誰かが魔法部の瓶を真似（まね）しているとしたら、厄介だな）

魔法部が作るポーションは市販品とは値段と効果が違う。市民は「値段の違いは効果の違い」と割り切って市販品を使う。城の魔法使いにはなれないレベルの人間が作るポーションも、値段なりの効果はあるからだ。だが、国のお抱え魔法使いが使う瓶の印を誰かが真似したとなれば問題だ。

二十五年前、二人の王子が相次いで病に倒れたときにポーションの質が問題になった。ほとんど効かなかったのだ。だいぶ後にわかったことだが、魔法部が管理していたポーションは中身を市販品にすり替えられていた。

城に就職するには厳しい身元調査がある。就職後は顔なじみの使用人であっても城内に入る際に毎回身分証を見せなければならない。さらに魔法部の金庫がある奥の部屋に入るには、それなりの魔力を通さないと開かない扉がある。魔法部の雑用係でも魔法使いが全員出払ってしまうとその部屋には入れない。

王族の口に入ることもあるポーションは魔法部の奥の部屋で、魔力で封じた金庫に収められていた。

魔法部のポーションを盗むことは大罪だ。盗んだとわかれば強制労働三十年という、死ぬよりつらい罰が下される。強制労働所の仕事は厳しく、三十年の刑期を終えて出てきた者がいない。

何重にも守られているポーションは、過去に一度も盗まれたことがなかった。

長年盗まれなかったゆえに魔法使いたちも警備兵も、ポーションが盗まれるとは思っていなかった。油断である。

その事件が解決されたのは、ポーションを飲んで治った人が、後日近所の人に「息子がお城のポーションを買ってきてくれたおかげで治った」と自慢したことがきっかけだ。

当時、国中に蔓延(まんえん)していた流行(はや)り風邪は王都でも猛威を振るい、城のポーションは王族、貴族、軍人、その家族に優先して使われた。魔法部がいくらポーションを作っても足りず、一般人がお金を出したところで買える状況ではなかった。

だからその男性の話は怪しまれて密告され、調査が始まった。

犯人を捕まえてみれば、ポーションをすり替えたのは城の使用人だった。犯人はそこそこの魔力を持っていて、城の魔法使いが作ったポーションを金持ちの平民に高値で売りさばき、大金を手にしていた。

人事部は犯人に魔力があることを把握していなかった。魔力があれば賃金の高い仕事を得られるから、人事部側は魔力の保有を報告しない使用人がいるという視点に欠けていた。

その使用人は最初から窃盗目的で就職していた。盗んだのがポーションだけではなかったことも後に判明する。国の重鎮たちは会議で「魔法使いたちにポーションの管理は任せられない」と判断を下した。

それ以降、ポーションの保管場所は昼夜を問わず軍人が警護する建物に変わった。魔法使いたちは自分が作ったポーションであっても自由には近づけない。自宅でポーションを作って売りさばくことは事件以前から禁止である。

「国はその能力に大金を払っているのだから私的にたくさんの魔力を消費するのは禁止」という理

由だ。

事件を機に、ガラス瓶は国が指定した店でだけ作られることになった。その店は同じガラス瓶をお城以外に納めることを厳しく禁じられている。そんな背景があっての今回だ。

キリアスが洗い場に到着した。

「君、ちょっとその瓶を見せてくれる？」

「はいっ！」

さっきのマイヤーに続いてキリアスも瓶を厳しい目つきで見ている。モルは（俺、丁寧に洗っていたよな？）とドキドキしながら立ち尽くした。

「君、小箱をひとつ持ってきて」

「はいっ！」

モルが走って空き箱を持ってきた。小箱を受け取ったキリアスは、九十本の瓶を一本ずつじっくりと眺めては分別して箱に入れていく。瓶は全部熟練ガラス職人の手作りだが、通常は瓶の底にある三角の印が一本ずつ微妙に違う位置についている。側面の歪み方も違う。

他の人間には見分けられない程度の違いだが、キリアスには見分けられる。九十本のうち四十本は三角の形も位置も完璧に同じで、本体の歪み方も全く同じだった。その数の多さに考え込む。

（一本一本手作りなのに、四十本も完璧に同じ仕上がりなんてありえない）

「キリアス様、僕はなにか失敗したのでしょうか」

「いや。君は何も失敗していないよ」

（んん……。鑑定係に聞くか。それなりのポーションが入っていたことは間違いないのだし）

洪水の現場でポーションを管理していた女性は、軍医の下で働く魔力持ちだ。彼女は魔法こそ使えないが、魔力を使ってポーションの品質を鑑定することができる。何も報告がないのだから、ポーションはそこそこの品質だったはず。

（彼女は今日も川べりのテントか。人が多い場所でこの話はしたくないな）

キリアスは怪しい瓶の入った箱を持って土砂崩れの現場に行き、仕事を終えてから彼女と話をすることにした。

土砂崩れの土を片付け終え、城に戻る途中の店で馬を止める。魔法を連発して疲れていたから甘いものを食べたかった。店に入ったところで大師匠のグリド氏を思い出した。大師匠は恋人に瞬間移動魔法をかけた人である。

「この店のベーコン入りパンはグリド氏の好物だったな。たまには顔を出すか。鑑定係は城の宿舎住まいだから帰りが遅くなっても問題ない」

グリド氏の屋敷はこの店から近い。

氏は現在八十五歳。この国では滅多にいない年齢だ。今はさすがに日常生活を一人でこなすことができず、身の回りの世話は使用人に任せて終日横になっている。現役の頃は豊かな魔力を誇る魔法使いだったが城には勤めたことはなく、ずっと在野の魔法研究家を貫いた人物だ。

キリアスは大師匠にあたるグリド氏から直接指導を受けたことはない。師匠のジュゼル・リーズリーがお見舞いに行くときにお供で通ったことがあるぐらいだ。それも自分が城に就職してからは忙しいのもあって行かなくなっている。

師匠のリーズリー氏は休むことなく週に二回お見舞いに通っていたが、彼が行方不明になってからもうどれくらいたっただろうか。。師匠の代わりに月に一度くらいは見舞いに行かねばと思いつつ、実際は一度しか行っていない。魔法部の長に指名されてからはとにかく忙しかった。

「忙しいからって後回しにしていると、行かないままになるな。よし、これから行くか」

グリド氏の好きなベーコン入りのパンとポーション瓶の入った箱を抱え、キリアスはグリド氏の家を目指した。


グリド氏の屋敷は手入れをされているはずなのに古びて見える。キリアスはその建物を見上げてつぶやいた。

「家は人が住まないとどんどん傷むってよく言うけど、換気や掃除だけの問題じゃなさそうだ。主に元気がないと屋敷まで沈んで見える」

キリアスはグリド氏が苦手だ。

魔法にのみ興味を持ち、魔法以外はどうでもいい老人。自分も同類である自覚はあるが、グリド氏の魔法に向ける情熱はキリアスとは桁違いだ。

魔法の実験をしているときのグリド氏は不眠不休は当たり前。そんなときのグリド氏の様子には鬼気迫るものがあった。

「旦那様は眠っていらっしゃいます。声をかけてみますが目が覚めなければお会いになれません。

こちらで少々お待ちくださいませ」

対応に出た老女は腰が曲がり始めていて、手すりにつかまりながら階段を上っていく。グリド氏はポーションを作れるのだから、腰痛持ちらしい彼女にポーションを作って飲ませてやればいいのに、と思う。

しばらく椅子に腰かけて待っていると、階段をゆっくり下りながら老女が「お会いになるそうです」と言う。

キリアスは「わかったよ」と言って階段を駆け上がった。

ドアをノックをすると「入りたまえ」としわがれた声。入った部屋は空気が淀(よど)んでいた。薬草の匂い、羊皮紙の匂い、高級そうなお茶の香りが入り混じった空気に、キリアスは（懐かしい）と思う。師匠の後ろについてこの部屋に初めて入ったのは、たしか五歳の時だ。

グリド氏はベッドの上で背中にクッションをいくつも当てて上半身を起こし、こちらを向いていた。

「君は誰だったかな」

「リーズリー氏の弟子のキリアスです。現在は魔法部の長を務めております」

「私に何の用かね」

「お見舞いに参りました。リーズリー氏が行方不明になってから、なかなか来られずに失礼いたしました」

グリド氏が「ふっ」と笑う。

「見舞いは相手の容態を案じてするものであって、仕方なく顔を見せるのは見舞いとは言わん。虚礼だ」

（その通りだけど。言ったら身も蓋もないでしょうに）

キリアスは見舞いに行かなくちゃと思った少し前の自分を殴りたい。

「立っていないで座りたまえ」

「はい。ありがとうございます」

ベッドサイドのテーブルには本が山積みで、左手に抱えていた小箱を置く場所もない。仕方なくガラス瓶の入った小箱を膝に載せてグリド氏の近くの椅子に座った。

普段は自由気ままに行動するキリアスも、グリド氏の前ではごく普通の貴族の令息らしい態度になる。そのほうが時間が短くて済むからだ。

「ジュゼルの行方はいまだ不明か」

「はい。リーズリー氏が生きていらっしゃることを祈るばかりです」

「祈りなどなんの役にも立たんよ」

（それは僕だって知ってるけど。ああ、もう帰りたい）

突然、グリド氏が空中に漂う何かを探すように顔をあちこちに動かした。そして視線は最後にキリアスの膝の上の箱に向けられて止まる。

「その箱には何が入っている」

「ポーションの瓶です。少々確認したいことがありまして」

「その箱を貸しなさい」

立ち上がり黙って小さな木箱を差し出すと、グリド氏はあちこちにシミの浮いた手で受け取り、断りもなく蓋を開けて中を覗き込んだ。そして手のひらを瓶にかざす。

「まさか！」

老人の顔には驚愕の色が浮かんでいる。キリアスはこの老人のそんな表情を初めて見た。

「先生、どうなさいました？」

「君は魔法解析術を使えるか」

「少しなら」

「少し？　そうか、君ほどの魔力を持っていても少し、か。城の魔法使いは実用性ばかり重視されて研究をさせてもらえないからな。キリアス、これを作った魔法使いはどこだ」

「その瓶はガラス職人が作ったものだと思いますが」

「違う！」

さっきまでグリド氏の目は、部屋の空気と同じように淀んでいた。それが今はギラギラと輝き、頬には血の気が戻っている。

(なんだ？　その瓶がどうしたんだ？)

「これはガラス職人が作った瓶ではない。この瓶を作った魔法使いを連れてきなさい。これを作ったのは、私が五十五年間待ち続けていた人だ、間違いない」

「その方のお名前をうかがってもよろしいでしょうか」

「リヨルだ。彼女の美しい魔法の痕跡がこの瓶にクッキリと宿っている」

（リヨルって、この人が消した恋人の名前だったな）

「何をぐずぐずしておる！　さっさとこの瓶の作成者を連れてこい！」

「はい」

静かに立ち上がり、箱に手を伸ばそうとしたらサッと避けられた。

「その瓶は必要ですので、お返しください」

グリド氏は抵抗したが、キリアスも譲るわけにはいかない。しかたなく一本だけ瓶を渡して部屋を出た。

おそらく言いなりに動かないともっと厄介な用事を言いつけられる。無視すればなにかしらの手段を使って自分を動かそうとすることもわかっている。黙って言いなりになるのが最小の労力で済むコツだ。

「瓶を作ったのがリヨルなわけはないのに。本当はさっさとヘンリーさんのところへ行きたいけど、作った人を効率よく捜すには……まずは鑑定係か」

ベーコン入りパンを使用人の老女に渡し、日が暮れて一気に暗くなる道を城へと向かう。

城に到着し、軍部の受付にいる若い男性に声をかけた。

「ポーションの鑑定係、いる？」

「マリリンのことでしょうか」

「名前は知らない。洪水の現場でポーションの品質を鑑定した人。呼び出してほしいんだ。急ぎで頼む」

「はいっ」

鑑定係の名前は覚えていない。覚える必要がない人の名前は覚える気がない。少しして女性が走ってきた。もぐもぐと口を動かしているところを見ると、夕食の途中だったらしい。キリアスは（そういえば僕も腹が減ったな）と思う。

「マリリン・スイープルでございます、キリアス様」

「食事中に悪かったね」

「どうぞお気になさらずに。どのようなご用件でしょうか」

「洪水の現場でポーションを鑑定したのは君だよね」

「はいっ」

マリリンの目に怯（おび）えが浮かぶ。マリリンはそこそこの魔力を持っていることと、鑑定の能力があることから軍部に雇われた。マリリンは（私、職を失うようなヘマをしたのかしら。困る困る。名誉も収入も失いたくない！）と慌てていた。

「軍の誰が何本ポーションを持ってきた？」

「それでしたら控えがございます」

マリリンは肌身離さず携帯している手帳をスカートのポケットから取り出した。使い込んでいることがひと目でわかるくたびれた手帳だ。

「軍部からは午前八時過ぎにウォルター・マッコール伍長が五十本を届けてくれました。この建物内で受け取りました」

「軍からはそれだけ？」

「はい。他は皆、寄付の市販品でございます。寄付してくださった方のお名前と本数は記録してあります。読み上げますか？」

「頼む」

マリリンが真剣な表情で手帳を読み上げる。

「アッサール侯爵家から五十本、ハルフォード侯爵家から五十本、オードワール伯爵家から三十本、ミズリー伯爵家から十本、アントワース伯爵家から十本、ヘンリー・ハウラー筆頭文官様から四十本でございます」

それまで無表情に聞いていたキリアスの顔が、四十本と聞いて強張（こわば）った。

「ヘンリーさんが運んできたポーションは誰からの寄付なの？」

「篤志家（とくしか）から、としかうかがっておりません。ハウラー様でしたので、それ以上のことは私からはちょっと……」

「わかった。その四十本の中身はどうだったかまでは記録してないよね？」

「記録してございます」

マリリンがちょっと小鼻を膨らませながら即答した。

「ハウラー様が運び込んだポーションは、全て特級でございました」

「ありがとう。大変参考になった。君は優秀だね」

「あ、あ、ありがとうございます！」

真っ赤になって感動しているマリリンに、キリアスが質問をする。

「特級のポーションが四十本、軍以外から提供されたことに疑問を持たなかった？」

「え？　……ああっ！」

目を見開いて動けなくなったマリリンにキリアスが感情のこもらない視線を向ける。

「まあ、それはとがめないよ。君の仕事は鑑定だからね。その先のことまでは責任がない。ポーションの瓶を返却したのも君？」

「いえ。バラバラに戻ってきた瓶を私が印（しるし）を確認して仕分けました。戻ってきた数が多かったので、返却は軍部の方に頼みました」

「そう。魔法部には九十本戻ってきている。仕分けするときに数がおかしいとは思わなかった？　鑑定を一気にやって疲れちゃったのかな」

「九十……。も、申し訳ございませんっ！　他の瓶が交じっていたのですね？」

「仕事は最後まで気を抜かないようにね。戻ってきた瓶の本数確認は君の仕事だ」

真っ青になったマリリンに背中を向け、キリアスはヘンリーのいる文官部屋に向かった。歩きながら独り言をつぶやく。

「聞かせてもらおうじゃないか。特級ポーションを作ることができる魔法使いはどこの誰で、一気に四十本作ったのか少しずつ作ったのか。ヘンリーさんはどうやってそれを手に入れたのか。聞きたいことがいっぱいある」

その頃、グリドは瓶を手に、茫然とした表情で独り言をつぶやいていた。

「生きていたんだな。この国にいるのなら、なぜ私のところに来てくれないのか。君の誹りはいくらでも甘んじて受けよう。君は生きていた。よかった、本当によかったよ、リヨル」

そこまでささやいて、グリドは瓶を両手で包むようにして額に押し当て、静かに涙を流した。

ヘンリーがいる文官部屋に、キリアスが入ってきた。キリアスの高揚した顔を見て、ヘンリーの眉間にシワが寄る。

(む。猛烈に面倒で厄介な予感がする)

「キリアス、こんな時間にどうした」

「ヘンリーさんが洪水の現場に持ってきたポーション、あれを作ったの誰？　作った人に会いたい。会わせて」

キリアスがしゃべり終わるまでのわずかな間に、どう答えるのが最良かヘンリーは考えた。

「事情があって何も言えないんだ。ポーションの内容に問題があったのか？　それなら俺が謝罪する」

「あれえ？　ヘンリーさんはあのポーションの内容を知らないで持ってきたんだ？」

キリアスはヘンリーの隣の席の椅子を引き出して座り、目をキラキラさせてヘンリーを見る。

(俺が言うのもなんだが、こういうときのキリアスは好奇心いっぱいの子猫だな。だがこの子猫は全く油断ならない。頭脳明晰な上にこの国でも一、二を争う魔法の実力者。そしてハルフォード侯

爵家の溺愛されている末っ子だ)

キリアスは城のお抱え魔法使いになったとき、侯爵家の人間として丁重に扱おうとする人々に宣言した。

「僕は侯爵家の人間だからここにいるんじゃない。実力で城の魔法使いになった。だから身分のことは一切気にしないで扱ってほしい」

キリアスがそう言ったのでヘンリーは身分を気にせず接している。

「なんで黙ってるの？　ヘンリーさんが隠したがる人って誰かな」

「探るような言い方はやめてくれ」

「教えてくれないとヘンリーさんとポーションを作った人の両方が困ることになる。これは本当」

かなりの魔法の使い手であるマイが作ったポーションだ。質が悪かったとは思えない。もし質が悪かったとしても、毒でも入れない限り寄付したポーションで罪になど問われない。そのために鑑定係がいるのだ。

(とすると、問題があったのは瓶か)

ヘンリーはキリアスに鎌をかけることにした。

「瓶に問題があったんだね。それは俺の失態だ。俺が償おう」

「ヘンリーさんの失態のわけがない。あの瓶、魔法で作られた品らしいし」

(見抜いた人がいるのか！　らしいってことは見抜いたのは別の人間だな)

「ヘンリーさんはなんでその人を隠したいの？　その魔法使いとは親しいの？　その人は魔法使い

であることを隠しているの？」

　どんどん核心を突いてくるキリアス。

（キリアスは頭が回る。下手なことを言うとそこを足掛かりにされそうだ）

「たぶんだけど、ハウラー家に関わる人か、ギルシュさんか、マイさんじゃない？　いや、ギルシュさんはないな。ハウラー家の関係者？　マイさん？　どっち？」

　鎌をかけたらかけ返された。

「鎌をかけても無駄だ。無関係な人を巻き込むな」

「ヘンリーさんにはいろいろ助けてもらっているし口が堅いこともわかっている。だから特別に教えてあげる。魔法部が使う瓶には、秘密があるんだ。ヘンリーさんが持ち込んだ瓶は、その秘密に触れているんだよ。表沙汰になれば、国から罰が下される行為だ」

（やはり瓶だったか。魔法部と軍部だけの秘密ということだな。いや、ならば宰相も嚙んでいるか。瓶になんらかの目印をつけておいたのか？　失敗した。差し入れを止めておけばよかった。これは俺の失態だ）

　ヘンリーはまだ軍部の情報にはあまり食い込めていない。それを今、とても残念に思った。

　ヘンリーが沈黙しているのを見て、キリアスがさらに踏み込む。

「大師匠のグリド氏が、あの瓶を作った魔法使いを呼んでこいって言っている。連れていかなかったら、きっとすごく面倒なことになる。あの人は言いだしたら絶対に諦めない。それは自信を持って言えるよ」

「待て。グリド氏がそう言っているのか！　だったら早くそれを言ってくれよ。俺が会う。今からでもいい」

「ヘンリーさんじゃダメ。グリド氏は瓶を作った魔法使いを呼んでこいって言っているんだ。グリド氏は瓶を作ったのが元恋人のリヨルだと勘違いしているけどね。そんなはずないのに」

（それ、まんざら勘違いじゃない。方向は合っている）

「まずは俺を連れていってくれ。グリド氏と話したいことがあるんだ。全てはそれからだ」

　ヘンリーはマイにリヨルの過去を聞かせたくない。

　彼女の祖母は親に売られ、働かされ、飛ばされた。そして今度は、マイがこちらに来て孤独に耐えながら笑顔で前に向かって進んでいる。そんな彼女に悲惨な祖母の生い立ちを聞かせて心を折りたくない。

　立ち上がったヘンリーを、キリアスは驚いた顔で見上げている。

「なぜヘンリーさんがグリド氏にそんなに会いたいの？」

「グリド氏との話し合いによっては、ポーションの作り手をグリド氏に紹介する。だが、いきなり会わせるのは避けたい。そこは譲れない。遅い時間だが、今からでも会えるか？」

「うーん……。わかった。グリド氏がなんて言うかはわからないけど、行くだけ行ってみよう」

　こうしてヘンリーとキリアスは夜の八時過ぎにグリドの屋敷へと向かう。

　二頭の馬が敷地に入ってきた足音を聞きつけ、例の老女がドアを開けて出てきた。

「やあ、また来たよ。先生に取り次いでほしい」

「少々お待ちくださいませ」

老女は無表情にそう言って、階段を上がっていく。すぐにグリドの許可が出てヘンリーとキリアスがグリドの部屋に入ると、グリドはヘンリーを見て不機嫌そうな顔になった。

「キリアス、この瓶を作った魔法使いを連れてこいと言ったはずだが？」

「この人がその魔法使いと知り合いなのです、先生。彼はどうしても先生と話をしたいと言っています」

「ヘンリー・ハウラーと申します。先生が会いたいとおっしゃっている人物をここへ連れてくる前に、少々お話しさせてください」

ヘンリーは言葉の途中でグリドがポーションの瓶を大切そうに両手で包んでいるのに気づいた。

『魔法使いの中にはごくごく少数、使われた魔法の痕跡を読み取れる者がいる』と本で読んだことがある。本によると、魔法使いによって残される痕跡は全て違うらしい。

この老魔法使いはマイが作った瓶を通して、自分の元恋人を感じ取っているのだろう。

老魔法使いの姿を見ていたら、胸の奥からふいに不慣れな感情が込み上げてきた。感情に左右されずに生きてきたヘンリーは動揺した。

（マイさんが突然消えたら、俺もあんなふうに彼女が残した品を手にして悲しむんだろうか）

そう思わせる何かが老魔法使いの姿にはある。ヘンリーの胸が痛んだ。

「君は何について話したいのかね。この瓶を作った魔法使いのことかね」

「それについては先生と二人だけで話し合いをさせてください。キリアス、すまないが席を外してくれるか」

「はあ？　それはダメだよ。魔法部の長として僕は同席させてもらう」

きっとそう言うだろうと思っていた。だからヘンリーは立ち上がり、キリアスに向かって深々と頭を下げた。

「本当に申し訳ないが、席を外してほしい」

「ちょ、ちょっと待って。頭を上げてよ」

「頼む、キリアス。この通りだ」

普段は陽気なキリアスが、頭を下げたままのヘンリーに静かに話しかけた。

「それはつまり、僕のことは信用できないってことだね？　ヘンリーさんが守りたいと思っている人のことを、僕が軽々しく口外すると思っているわけだ。確かに国の害になることなら僕は報告する。それは僕の下で働いている魔法使いたちを守るためだ」

グリドが興味深そうにキリアスとヘンリーを見ている。

「嫌々引き受けた長ではあるけれど、僕はいい加減な気持ちで魔法部の長をやっているわけじゃない。でも国の害にならないなら、ヘンリーさんが隠したいことを口にはしない。そのくらいの分別はある。僕を馬鹿にするなよ」

普段は大きな子供みたいな言動のキリアスから強い圧が発せられている。それでもヘンリーは迷う。

キリアスがマイの魔法の力を知ったら面倒なことになるのではないか。

マイが嫌がっても魔法部へ入れようとしつこく食い下がるのではないか。

もしハルフォード侯爵家の力を使って根回しをされたら、自分では抵抗できない。キリアスはそんなことをしないと思いたいが、魔法に関することになると魔法使いは人が変わる。

ヘンリーは頭を上げ、自分を見据えているキリアスを見返しながら、どうするのが最善か猛烈な勢いで考える。そこへ老魔法使いの笑い声が割って入った。

「はっはっはっは。愉快愉快。久しぶりに若者のぶつかり合いを見た。若さは素晴らしいものだな。ヘンリー・ハウラー、君と話し合いをしよう。ただしキリアスも同席させなさい」

グリドはご機嫌の様子。

「ヘンリー・ハウラー、君はハウラー子爵家の養子か？　だとしたら良い養父を持ったな」

「父をご存じでしたか」

「親に連れられて、ここにポーションを買いに来たことがある。君の養父は心根の優しい子供だった。それで、君の要求は何かね。私の願いはリヨルに会いたい。それだけだ」

ヘンリーはキリアスが同席しているので迷う。だがここで隠したところでこの老人はマイにたどり着くような気がした。

(今隠し立てをして、グリド氏よりも先にキリアスがマイさんにたどり着くほうが厄介だ)

「その瓶はリヨルではなくリヨルの孫娘が作ったものです」

「孫？　ああ、孫か。そうか、道理で……。私が知っているリヨルの痕跡ではあるが、わずかに印象が太く力強い。そうか、孫だったか。リヨルは生き延びて連れ合いを見つけ、子を産み、孫まで得たのだな。よかった、本当によかった。はあぁぁ……。よかったよ。ヘンリー、ではその孫に会わせてくれ。リヨルの話を聞きたい」

ヘンリーが居住まいを正した。

「その前にお願いが二つあります。ひとつ目は、ヘラーが親に売られたことも、リヨルとなって働かされたことも、あなたの実験が失敗したことも、その人には言わないでいただきたいのです。リヨルは哀れな娘ではなく、幸せに育ち、偶然の事故で飛んでしまったと、そういうことにしてほしいのです」

グリドはヘンリーをじっくりと見た。

「これは驚いた。君はヘラーにまでたどり着いていたのか。して、そのひとつ目の理由は？」

「彼女はとある理由でこの国にやってきました。大好きな祖母と別れ、一人で働いて暮らしています。私には孤独に苦しんでいるように見えます。これ以上、その人につらい思いをさせたくないのです」

「君は……その娘を好いているのだな？」

ヘンリーはゆっくりうなずいた。

「はい。とても大切に思っています。過去を変えられない以上、傷つけるだけの情報なら彼女の耳に入れたくないのです」

「ああ……そうだな。過去は変えられぬ。よかろう。不幸な話はしないと誓う。その娘には、いつ会わせてくれる？」

「その前に、二つ目のお願いを聞いてください。リヨルの過去を私に聞かせてください。これは筆頭文官としての希望です」

　なぜかグリドは満足そうな顔になった。

「いいだろう。リヨルの過去を知りたがる目的はだいたい想像がつく。気に入ったよ。その前に、間違った噂（うわさ）が世間に流れているのを訂正しておこう。今まではどうでもよいと捨て置いたが、君には教えてやる。まず、私とリヨルは恋人同士ではない。それと、瞬間移動魔法理論を研究していたのも完成させたのも私ではない。リヨルだ」

　ヘンリーは無表情だがキリアスは目を丸くしている。その顔をチラリと見て、グリドはヘンリーに話し続ける。

「リヨルは高魔力保有者であるがゆえに、七歳でとある人の所有になった。それから魔法使いだった私の父のところに修行に出された。この家でリヨルは文字の読み書きから始めたのだが、干上がった大きな池が水を受け入れるように、際限なく知識を吸収した。二年も過ぎる頃には、魔法の腕で七歳年上の私を飛び越えたよ。天賦の才とはこういうことかと、嫉妬する気にもなれなかった」

　グリドは遠い過去を思い出す目つきになって語る。

「リヨルが特級のポーションを作れるようになったら修行は終わる契約だった。リヨルの主（あるじ）はよほど死ぬのが恐ろしかったのだろう。国王が飲むのと同じ特級のポーションを、水代わりに飲みたがっていた。わずか四年で修行は終わりになったが、父はリヨルの才能を惜しんで私を使った。恋仲のふりをしてリヨルに会いに行け、そして魔法の知識を運べ、と私に命じたのだ」

「四年というと十一歳と十八歳の恋仲、ですか」

驚くヘンリーに、グリドが苦笑した。

「ない話ではないが、私もさすがにどうかと思った。だが、断ることなど許されない。週に一度リヨルのところへ通い、父が書いた魔法の指南書を渡し続けた。リヨルはたった一人で数ページずつ渡される魔法の指南書を着実に習得していったよ。彼女は与えられた小部屋で、毎日ひたすらポーションを作り続けていたらしい。リヨルの主は飲むだけでは足りず、ポーションの湯に浸かっていたそうだ。彼女が十四歳のある日のことだ。青白い顔で、『あなたが会いに来てくれるから、私は正気を保っていられるのです』と言ったのだ」

くしゃっと顔を歪めてからグリドが片手で顔を覆う。

「私は一緒に逃げようと言ったが、リヨルは断った。『あなたにも先生にも迷惑をかけたくない。私の代金を受け取った実家のことも心配だ。あなたはこの国一の魔法使いになってほしい。それが私の唯一の楽しみです』と。週に一度、私に会うときだけは外に出してもらえたのだ。そんな生活はリヨルが二十三歳になるまで続き、彼女が病気になって突然終わった」

「病気とは？」

思わずヘンリーが尋ねると、グリドは自分の右の顎の下を触った。

「ここにできた腫れ物が次第に大きくなり、レモンほどの大きさになって血を流すようになった。リヨルの主は病がうつるのを恐れてリヨルを放り出した。リヨルはその足で我が家に来て、『瞬間移動魔法の理論を完成させた。あなたに教えるから私を実験台にしてくれ。このまま苦しみながら死ぬ前に、あなたの役に立って旅立ちたい』と言ったのだ」

「ポーションを作り続けていたのに瞬間移動魔法理論を完成、ですか？」

「そうだ。その頃にはすでに、父でさえてこずっていた変換魔法を完璧に習得していた。彼女は天才という域さえも超えていた。部屋に閉じ込められ、毎日魔力が尽きるまでポーションを作らされていても、偉業を成し遂げる存在だった」

いよいよ話が核心に近づき、キリアスがランランと目を輝かせながら聞いている。

「リヨルはその場で小さな石を移動するのを見せてくれた。私は『石と人では違う』と反対したが、『私が生きているうちにあなたが習得すれば済むことだ』と」

我慢できずにキリアスが口を挟んだ。

「リヨルの病にポーションは効かなかったのですか？」

「ポーションは飲めるだけ飲ませた。時間稼ぎにはなったが根本的な解決にはならなかった」

「動物実験は？」

「リヨルが反対した。瞬間移動魔法は膨大な魔力を消費する。一度動物で試せば、おそらく半年は魔法が使えないほどに体が消耗すると。だから動物実験はするなとリヨルが言い張った。『もう私には時間がない。一発目を私で試せ』と聞かなかった。病が進み、頭痛が始まっていたのだ」

そんな無茶なと思うヘンリーの隣で、キリアスも「無謀すぎる」とつぶやいた。

「君らを疑うわけではないが、この続きは、リヨルの孫に会ってから話す。それでキリアス、ポーションの瓶は何が問題なのだ？」

「実は」

キリアスがグリドに瓶の件の一部始終を説明した。

「ジュゼルからポーションの瓶に目印をつけると決めた経緯は聞いている。この三角が目印なのだな。ふむ。リヨルの孫が、うっかり印まで忠実に再現したか。キリアス、その瓶のことは何人が知っている？」

「魔法部の部下が一人、この瓶を見ています。軍の鑑定係には僕が話をしました。あとはヘンリーさんです」

「では問題は二人だな。貸しなさい」

キリアスはずっと抱えて移動していた小箱を差し出した。グリドは箱を受け取り、三十九本の瓶の上に手のひらをかざした。唇がわずかに動いているが声は聞こえない。その時間は数分ほど。ヘンリーは（マイさんは無詠唱で、しかも一瞬で机を荷車に変えていたな）と思いながらグリドを眺めた。

「よし、これでいいだろう。見てみなさい」と言ってキリアスに箱を返す。キリアスが覗き見ると、三角の印は全てガラスの小さな一滴が落ちたような、歪んだ円形になっていた。

「うぁ？　印の形が全部変わっている。先生、これって……」

「変換魔法だ。ガラスをガラスに変換した。リヨルほど上手（うま）くはないが、一応できる。キリアス、お前は『見間違いだった、すまなかった』と部下と鑑定係に頭を下げろ。形が違うと言われても相手が引き下がるまで謝り続けろ。それで万事丸く収まる」

「……はい」

「さあ、今すぐ行こうではないか。連れていってくれ」

外で夜十時の鐘が鳴った。同時にキリアスのおなかも大きな音で空腹を訴えた。ヘンリーが譲らぬ覚悟でグリドに提案する。

「もう夜も遅いので、明日にしましょう。必ず私がご案内します」

「働いていると言っていたな。どこに勤めているのだね」

「カフェを経営しています。今からでは気の毒です」

「そうか。では明日、その店に連れていってくれ」

「ええ。まずは顔を見て食事をするだけにしてください。私から彼女に先生のことを話します。その上で彼女が先生に会いたいと言ったら、正式に場を設けます。先生、どうか彼女の意思を優先させてあげてください」

「そうだな。わかった。そうしようか」

ヘンリーとキリアスはグリドの屋敷を後にした。

「マイさんがあのポーションを作ったんだね。リヨルの孫だったなんてびっくりだ。ポーションは特級だったし！　僕もリヨルの話を聞きたい。どんな魔法を習ったのかも聞きたい。瞬間移動魔法の話も聞きたい」

「いや、キリアスは行かなくていい。マイさんに余計なことを言いそうだ」

「言わない。行くよ。絶対に行く。食事をしに行くだけならいいじゃないか」

ヘンリーが黙り込むとキリアスは上機嫌になった。

「じゃあ、明日ね！　明日先生の馬車で行こう。ヘンリーさんが出かけるいつもの時間でいいよね？　そこは仕事を空けておく。じゃ、おやすみ！」

（キリアスが余計なことを言いそうになったら、どうやって黙らせてくれようか）

無表情で不穏なことを考えながら、ヘンリーは帰っていくキリアスの背中を見送った。


ランチタイムを終えて、私は被災地への差し入れの準備を始めた。そろそろ午後二時だけれど、おそらくヘンリーさんは今日も来ないだろう。

堤防は見るたびに重機でも入れているのかと思うほど修復が進んでいる。お客さんによると、魔法使いが土魔法を連発して働いている様子はすごいらしい。

「そりゃあ見物のし甲斐があるよ。小山のような土が生き物みたいに動くんだ。金色の髪の若者がすごかったなぁ。両手をヒョイヒョイ動かして少し離れた場所の土や岩を軽々と操っていた。魔法使いは年齢じゃないんだな。一番若そうなその金色の髪の若者が一番活躍していた」

「まあ、そうなんですか！」

天才っぽいキリアス君はやっぱり天才だったのか。一度仕事ぶりを見てみたい。

今夜差し入れに持っていくのはビーフシチュー。パンは専門店が差し入れを始めているから、あとはお茶とクッキーかな。この国の助け合いの精神は本当にすごいと思う。

実は私、勘違いをしていた。皆、自分のことで精一杯なのかと思っていたけれど、そんなことはなかった。お客さんたちは「助け合うのは当たり前だ」と言う。

お客さんがいなくなってから、ソフィアちゃんとカリーンさんが来てくれた。

「ソフィアちゃん！　カリーンさん！　来てくれてありがとう」

「フィーちゃん来た！」

ソフィアちゃんが襟ぐりが開いたゆったりしたワンピースを着ている。風が通り抜けそうなデザインで寒そうに見える。でもワンコだから寒くないのかな。

「もう大丈夫になったんですか？」

「ええ。実はね、この子、あっという間に自分で自由に姿を変えられるようになったんですよ」

「ほんとですか！　こんなに小さいのに」

「ほんとだよ！　見てて！　見てて！」

ソフィアちゃんが両手をグーにして「んんん」と力を入れている。顔が赤くなった。そんなに力んで大丈夫なのか。カリーンさんが「ここでやらないで！」と言ったがもう遅い。私とカリーンさんで慌てて厨房の奥、階段下までソフィアちゃんを抱いて運んだ。

私の目の前で、ソフィアちゃんはあっという間にワンピースを着た可愛い子犬になった。

やだもう、私を悶絶死させる気か。

ソフィアちゃんはモゾモゾと動いてするりとワンピースを脱ぎ捨てた。なるほどね。だから脱ぎやすいように身頃(みごろ)がゆったりで襟ぐりも大きかったのか。

ワンコソフィアちゃんは床に仰向(あおむ)けになり、グネグネと体を動かしている。尻尾が生えて下着の後ろ側がずり落ちているのを利用して脱ぐ計画らしい。前脚と後ろ脚、口も使って器用に下着も脱ぎ捨てた。そのまま床の上でゴロンゴロンと嬉(うれ)しそうに転がる。

「おぱんちゅむずかしい！　でもできる！」

「あらぁすごいねえ。自分で変われるようになったんだねぇ」

「うん！　いっぱい、がんばった！」

ムックムクな子犬が大真面目に自慢しているのが果てしなく可愛い。あまりに可愛くて笑いが込み上げる。私が笑い続けていたら、私を見てカリーンさんが安堵(あんど)のため息をついた。

「マイさんは本当に怖がらないんですね」

「当たり前ですよ。こんな可愛い子」

「ソフィアは姿が変わって戻るのを日に何度も繰り返しているうちにコツをつかんだらしくて。私も夫もディオンも、子供はすごいなと感心したんです」

不運なきっかけではあったけれど、自力で変身できるようになってひと安心てところだろうか。

ソフィアちゃんは用が済んだとばかりに、あっという間に幼児に戻った。そしてシュタタッと身支度を終えて立ち上がる。

「ほら！　フィーちゃん上手！」

「上手上手、すごいねぇ」

拍手して褒めたらソフィアちゃんは嬉しそうに鼻を膨らませている。

「昼間に外に出たい、マイさんのところに行きたいと泣かれてほとほと困りましたけど、これでだいぶ安心できました。それで、厚かましいお願いなのですが……」

「ここ、来ていい？」

「いいよ！　もちろんよ！　またソフィアちゃんと遊べるの、嬉しいよ！」

「フィーちゃんも！」

抱きつかれたので抱き上げる。うん、みっちり重い。大人になったソフィアちゃんを見たいものだわ。絶対美人で美犬だと思う。

「明日からお預かりできますけど、どうしましょうか」

「お願いできると本当に助かります。必ずお礼はしますので。今日はこれで失礼します。ソフィア、帰りますよ」

「はあい！　マイたん、また明日ね！」

「うん、また明日ね！」

カリーンさんは洪水の被害とソフィアちゃんのお世話で働けず、経済的にも大変だと思う。なのに律義に蜂蜜飴（あめ）をひと袋そっと渡してくれた。これ、結構いい値段だから申し訳ない。

二人が帰るのとすれ違うようにして立派な馬車が店の前に停（と）まった。ソフィアちゃんが「おっきい馬車！」と叫び、カリーンさんにたしなめられている。

なんだろうと思って馬車を見ていたらドアが開き、ヘンリーさんが降りてきた。続いてキリアス君とご老人。ご老人は右手でステッキを突き、左腕をキリアス君に支えられている。ステップを降りるときはヘンリーさんも手伝っている。

「いらっしゃいませ」

「三人、お願いします」

「はい。どうぞどうぞ」

朝のうちに仕込んでおいたビーフシチューをかまどの弱火にかけ、お茶の用意をした。なんだかヘンリーさんとキリアス君の表情が硬い。ご老人は私を見てから興味深そうに店内を見回し、ゆっくり着席した。テーブルをそっと撫でて小さくうなずいている。

老人から目を離さないようにしながらヘンリーさんが身構えているような。

席に案内してメニューを渡すとご老人が尋ねてくる。

「お薦めはありますか?」

「美味しいビーフシチューがございます」

「ではそれを三人分お願いします。それと食後にお茶を」

「はい。かしこまりました」

いつもは陽気にしゃべるキリアス君が無言だ。心なしか元気がない。ご老人が優しい表情で私を見ているから、心から(ようこそいらっしゃいました)と思いながら笑顔で会釈した。

水を三つ運び、ビーフシチューとパンをテーブルに並べた。ご老人がコップを手に取ってじっと見ているが、市販の安いコップに似せて作り直してあるから問題ない。

三人は無言で食べ始めたが、ご老人が途中でハンカチを目に当てた。心配して見ていると、ヘンリーさんが私に向かって小さく首を振る。少しだけ目を細めている。この人のことは心配するなということだろう。

カウンターの中でお茶とクッキーの用意をした。ビーフシチューにクッキーではご老人が胃もたれするかしら。

迷ったけれど、持ち帰ってもらってもいいかと判断して、三人が食べ終わったのを確認してお茶とクッキーを出した。ご老人がまた私の顔をじっと見ているので笑顔で話しかけた。

「シチューはお口に合いましたか？」

「ああ、実に美味しかった。こんなに美味しいと思って食べたのは久しぶりだよ。ここは素敵な店だね。シチューは案外あっさりしていたように思う」

「ええ。水煮のときに一度冷やして、浮いて固まった脂を半分だけ取り除いてあるんです。私に料理を教えてくれた祖母が、『脂っこいのが苦手な人もいる。脂を半分取り除くとみんなが食べやすくて喜ばれるよ』と教えてくれました」

三人の動きが三秒くらいフリーズした。なに。どうした。

私が戸惑っていると、再びご老人が話しかけてきた。

「あなたのおばあ様は料理が得意だったのですね」

「はい。とても上手でした。料理は全て祖母に習いました」

「そうでしたか。おばあ様は……今もお元気で？」

「はい。元気だと思います。おしゃれとお出かけが大好きな人で、よく笑う人です。友人がたくさんいるので、きっと今も友人とおしゃべりしたりお出かけしたりしているはずです」

少し間が空いて、ご老人がまた目頭をハンカチで押さえる。さっきからヘンリーさんが身構えているように見えるのは気のせいだろうか。何か様子がおかしい。キリアス君も元気がなさすぎる。

ご老人はお茶を少し眺めてから大切そうに飲み、クッキーも食べている。

「美味しいお茶だ。クッキーも美味しい。お嬢さん、このクッキーは売っていますか？」

「はい。五枚入りと十枚入りがございます。私のことはどうぞマイとお呼びください」

「では十枚入りを二つ頼みます、マイさん」

「ありがとうございます、すぐにご用意いたしますね」

三人はお茶を飲み終わるとすぐに立ち上がった。馬車のところまで見送りに行ったら、席に収まったご老人が自分でドアを少し開け、身を乗り出して手招きをする。またヘンリーさんとキリアス君が表情を硬くした。今度は絶対に見間違いじゃない。

「なんでしょう」

ご老人が私の方に身を乗り出して危ないから、落ちないように腕を支えた。ご老人は本当に小さな声で短くささやいた。

「マイさんは猫にも犬にも好かれるようだ」

ビクッとした私を、ご老人は楽しそうに見る。「あなたが優しいからだろう」と普通の声で言ってから自分でドアを閉めると、馬車はすぐに去っていった。

「まさか、そういう意味？」

もしかしてあのご老人は、ヘンリーさんとソフィアちゃんたちの正体を見破ったのだろうか。そんなことができる人、いるの？

今度ヘンリーさんが来てくれたら、あの人が何者なのか詳しく聞いてみなくては。


翌朝、ソフィアちゃんがディオンさんと手をつないでやってきた。

「おはようございます。今日からまたお世話になります。お休みなのに申し訳ないです」

「むしろ休みの日は大歓迎ですよ」

ソフィアちゃんを抱っこして、ほっぺにチューをする。「うきゃきゃ」と笑うソフィアちゃん。ソフィアちゃんの首筋に顔を近づけて、胸いっぱいに幼児のいい匂いを吸い込んだ。はあぁ、甘露。

「お休みの日だからこそ、たっぷりソフィアちゃんと過ごせるんじゃないですか。遠慮しないでくださいな」

恐縮しつつ仕事に向かうディオンさんを二人で見送った。本当に遠慮はいらないのだ。私はこんな可愛い子を持つことはないのだから。

私は健康に生きられればそれでいい。あと何日生きていられるかもわからなかったのは、つい最近だ。起き上がることもできないほど弱っていたあの頃のことは、今でも夢を見る。今朝もその夢を見た。

その夢を見るといつも、全身に冷や汗をかいて目が覚める。慌てて自分の体を触りまくって（ああよかった。健康だ）と安堵する。安堵しても心臓は、全力疾走した後みたいに長いこと暴れている。私は忘れたつもりでも、私の体は命が果てそうになったときのことを忘れていない。

大切な人を置いて旅立つ悲しさ苦しさ、愛する家族が突然いなくなる恐怖と絶望。あんなことはもう二度と経験したくない。寂しい方がまだしも耐えられる。

そう覚悟するとき、最近はいつもヘンリーさんの顔が浮かぶ。

自分の気持ちには気づいている。ヘンリーさんの気持ちも伝わってくる。ヘンリーさんの好意を知りながら、このままずっと茶飲み友達でいたいと思うのは、いくらなんでも勝手すぎるよね。

ぼんやりと考え込んでいる私を、ソフィアちゃんが見ていた。

「ソフィアちゃん、パンプディングは好き？」

「ぱんぷいんぐ知らない」

「じゃあ、私が作ったら一緒に食べてくれる？」

「うん！」

プリン液は卵一個につき牛乳をコップに半分、砂糖は大さじ一杯。

おばあちゃんに習った割合で深皿に卵三個分のプリン液を作って、残りものの乾いたパンをそこに浸した。

おばあちゃんは料理の本以外に、新聞やテレビや雑誌で見たレシピを大学ノートに書き写していた。大学ノートは何十冊もあった。私も散々お世話になったっけ。

パンにプリン液がしっかり染み込んだ。湯煎焼きするためにお湯を張ったトレイに深皿を置いて窯に入れた。三十分ぐらいして様子を見たらいい感じ。牛乳で少し戻した干しブドウを散らして出来上がり。

「いい匂い！」

「もう少し冷めたら食べようね」

「うん！」

パンプディングが冷めるまで人形遊びをしようとしたらノックの音。あの背の高いシルエットはヘンリーさんだ。

「おはようございます、ヘンリーさん。昨日はお客様を連れてきてくださって、ありがとうございました。さあさあ、どうぞ入ってくださいな。ちょうどパンプディングが出来上がったところです」

「突然来てしまったけど、お客さんでしたか。すみません、手早く用事を済ませますので」

ヘンリーさんの雰囲気が硬い。

「ソフィアちゃん、一人で先に食べるのと、少し待ってみんなで食べるのと、どっちがいいかな」

「フィーちゃん、みんなで食べる」

「わかった。じゃあ、ちょっと待っていてね」

「はあい」

ソフィアちゃんにウサギと猫のぬいぐるみを渡して、私たちは離れたテーブルに座った。

「用事って？」

「昨夜のあの人は魔法使いで、マイさんのおばあさんの知り合いです」

魔法使いでおばあちゃんの知り合い？　だったらもっとお話ししたかったのに。なんだかおかしな雰囲気のまま帰ったのはなぜだろうか。

「どうしてもあなたに会いたいと言うので、断りもなく連れてきました。申し訳ありません。ちょっと急がないとならない状況だったものですから」

「それは全然かまいません。客商売は誰が来ても歓迎するのが当たり前です。でも、祖母のお知り合いの割にあっさりお帰りになりましたね」

「そのことですが、マイさんはあの人があなたと話をしたいと言ったら、会う気はありますか？　離れ離れになってからのおばあさまの話を聞きたいそうです」

胸がざわざわする。最近、夜に眠れないときはおばあちゃんのことをいろいろ考えている。

「私が祖母の楽しく暮らしていた様子を話すのはかまいません。だけど、祖母がこの世界でどうだったかを聞くのはためらいがあります」

「どうして？」

「祖母は自分の親のことを含めてこの世界のことを一切語りませんでした。私が貰った知識も魔法だけでした。年末の過ごし方も、春待ち祭りのことも知識がありませんでした。もしかしたら、祖母は私に聞かせたいような楽しい思い出が……ひとつもなかったんじゃないでしょうか」

ヘンリーさんの返事はない。

「私の知っている祖母はおしゃべりとお出かけが好きで、友達を大切にしていました。夕飯の時に毎日のようにその日にあったことを話してくれました。私が病気になってからは、私の子供時代の思い出を毎日教えてくれました。未来を語れないから過去を語ってくれたのです」

まずい。涙が出そうだ。

「そんなおしゃべり好きな祖母が私に伝えなかった過去を知るのは……祖母の配慮を踏みにじることになりそうで。祖母が隠していたことなら、私は聞きたくないです。かといって、あの方とお会いして私が一方的に話すのはおかしなものですよね」

「あの人はおばあさんと会えなくなってからのことを知りたいだけです」

「ほんとに？」

「ええ」

「ヘンリーさん、私ね、いつもヘラヘラ笑っているけれど、本当は臆病なの。一生分の悲しい思いをしたから、もう悲しい思いはしたくない弱虫なんです」

ヘンリーさんが首を振る。

「あなたは弱くなんかない。とても強い。でも、マイさんが不安なら俺が同席します。大丈夫、あなたが聞きたくない話が出ることはありません」

「そう……。それならかまいません。あの方が聞きたいことを私がお話しするだけということでお願いします」

ヘンリーさんが白いハンカチを差し出してくれた。それで涙を拭いた。

「それよりあの方、帰り際に『猫にも犬にも好かれるようだ』っておっしゃっていました。ヘンリーさんこそ大丈夫なんですか？　身の上を知られて、困ったことになりませんか？」

「俺もその言葉は聞こえていましたよ。あの人は俺のことを言いふらしたりしないと思います。俺はずいぶん気に入られたようです。キリアス君はその言葉を聞いていません。キリアス君の周囲に、あの瞬間だけ結界が張られていました」

「そうだったんですか」

「それに、俺はいずれ俺の秘密を知られても簡単に首を切られないほど出世するつもりです」

ヘンリーさんは半分獣人であることを燃料にしている。出世することで自分のハンデをねじ伏せるつもりなんだろう。ハンカチで涙を拭きながら話を聞いていたら……。

「マイたん、いじめちゃダメッ！」

ソフィアちゃんがいつの間にか私の隣に来ていた。怖い顔でヘンリーさんを睨(にら)んでいる。しかも「ウウウウ」と唸(うな)っている！

「ソフィアちゃん、いじめてないの。このお兄さんは優しいお兄さんなの。心配してくれているの。さあ、パンプディングをみんなで食べましょう」

食べながらもヘンリーさんを睨みつけるソフィアちゃんに苦笑しながら、パンプディングを食べた。パンプディングは牛乳と卵の優しい味。温かくて甘くてしっかりおなかも満たされる私の好物だ。

「美味しいですね」

「これも祖母のレシピです。そして母がよく作ってくれた母の味でもあるんです」

ソフィアちゃんは夢中で食べている。気に入ったようだ。そうなるかなと思ったけれど、食べ終えたら暖炉の前に座り込んで眠り始めた。毛布を持ってきて包むようにして眠らせた。ソフィアちゃんは眠るといっそうほっぺがぷっくらする。半開きの口も可愛い。リアル天使。

ふと、あの話をするならソフィアちゃんが眠っている今だと思った。

「あのね、ヘンリーさん。助手はやめにしませんか」

ヘンリーさんは一瞬驚いた顔をしたけれど、心配するように私を覗き込んだ。

「急にどうしたんです？」

「お世話になるばかりなのが心苦しくて。今の状態はよくないなと思うんです」

「俺はマイさんのそばにいて、マイさんを守りたいです。それは迷惑ですか？」

「迷惑ではありません。ヘンリーさんが近くにいてくれるのは嬉しいし心強いけど……ヘンリーさんの優しさに甘えておいしいとこ取りをしているみたいで。心苦しいんです」

ヘンリーさんが少し間を置いて話し始めた。

「俺はマイさんが好きです。マイさんのそばにいられたらそれでいい。多くは望みません。それで俺は幸せです」

突然の告白にどう返事したらいいか言葉を探していると、ヘンリーさんがもう一度繰り返した。

「あなたのそばにいられたら、俺は幸せなんです」

「あのね、私はこの世界で広く浅くみんなに親切にして、笑って暮らせたらそれでいいと決めたんです。それ以上は望まないと決めたの」

「じゃあ、これからもそうしてください。ただし、俺のことだけは近くに置いてほしい。俺は自分に向けられる感情に敏感です。物心ついたときから、自分に向けられる好悪の感情を読み間違えたことはありません」

それは私のヘンリーさんに対する気持ちも知られているということだろうか。ずっと目を背けて考えないようにしていたのに。

「ずっとマイさんに恋人がいると勘違いしていたので、マイさんが俺を嫌っているなら諦めるつもりでした。でもそうじゃなかったから諦められませんでした。恋人がいないなら遠慮はしません。それと、俺を失う心配は不要です。俺は普通の人よりずっと丈夫です。早死にしてマイさんを悲しませません」

「でも、私と関わってもいつまでもこのままかもしれませんよ？　ヘンリーさんの大切な時間を無駄にしてしまうかも」

ヘンリーさんが晴れ晴れと笑った。

「その言葉は了承と受け取りますよ？　あなたと過ごす時間は無駄ではありません。とても幸せな時間です。ただし……猫は諦めが悪い生き物なので、マイさんが俺に飽きても手放す気はありませんが」

「えっ」

こんなときに自分を猫って言うのは、ずるい！　そんなことを言われたら、全部受け入れてしまうじゃないの。

傷つく勇気がなくて距離を置こうとしたら、重めの愛を渡されました。

王都の行き止まりカフェ『隠れ家』

～うっかり**魔法使い**になった
私の店に**筆頭文官様**が
くつろぎに来ます～

王都の行き止まりカフェ『隠れ家』
~うっかり魔法使いになった
私の店に筆頭文官様が
くつろぎに来ます~

~書籍限定の特別な書き下ろし~

番外編　ソフィアとフランコ

ソフィアは祖母のカリーンと『隠れ家』から帰るところだ。

「フィーちゃんね、穴掘り上手！　いっぱい上手だよ！」

「穴掘り？　ああ、だから服のあちこちに土がついているのね。また姿を変えたのかい？」

「うん。ばあば、穴掘り好き？」

「そうねえ。昔は好きだったねえ」

「フィーちゃん、また穴掘りしたい！」

ソフィアは『隠れ家』の裏庭で穴掘りをするのが楽しくて仕方ない。ソフィアの家も祖父母の家も、庭らしい庭がない。周囲に家が密集しているから、犬の姿になるのも禁じられている。「ワンワンになりたい」と訴えても、「ソフィアは可愛（かわい）いから悪い人にさらわれてしまうよ」というのが大人たちの答えだ。

怖い思いをしてから、ちょっと驚くだけで犬に変身するようになった。それ以降、自由に犬の姿と人間の姿に変われる方法を体得したものの、犬に変身するのは禁じられている。

だが、祖父母も父も、『隠れ家』の裏庭で、マイさんがついているときなら犬に変身してもいい」と言う。

それ以降、ソフィアはマイのところに預けられるのが楽しくて仕方ない。その話を近所に住む従兄のフランコに自慢した。

「フィーちゃん、穴掘り上手だよ！　ワンワンになって、おっきい穴、いっぱい掘れる！」

ソフィアの自慢を聞かされたフランコはソフィアより三つ年上の六歳。フランコはソフィアが変身できるのを知らなかった。息子の口からソフィアの話がよそに漏れるのを心配したフランコの両親が、彼の耳に入れなかったからだ。

「じゃあさ、今ここで犬に変身してみせて」

「ダメ。ばあば、ダメって」

「なんだ。つまんないの。子供は変身できないんだぞ。ソフィア、嘘ついたな」

「嘘違う！」

詳しい事情を説明するだけの言葉を持っていないソフィアは、地団太を踏んで怒った。「フーッ、フーッ」と怒りのあまりに鼻息を荒くしたソフィアが思い出したのは、祖父母と父が「マイさんの前では変身してもいいよ」と言った言葉だった。

「マイたんとこ、行く！」

そう言って川沿いの家から『隠れ家』を目指し、猛烈な速さで走りだした。

「どこへ行くんだよ！」

慌てて後を追うフランコ。普段なら三歳児のソフィアより六歳のフランコの方がずっと速いのだが、怒りに我を忘れたソフィアの足は速い。捕まりそうになるたびにヒラリと身をかわし、フランコの手を逃れて走り続ける。

文官部屋で雑用係をしているジェノは、発注書を業者に届けた帰りだった。歩いている途中で街の中心部を全速力で走る二人の子供に気がついた。

「あれ？　あの女の子、『隠れ家』で見たことがある。後ろの子に追いかけられているのか？　よし！　それなら」

ジェノはソフィアへと駆け寄り、ソフィアをかばうようにフランコの前に立ち塞がった。急停止したフランコから目を離さずに、ソフィアに話しかける。

「どうしたの？　大通りは馬車が走っているんだから、そんなに走ったら危ないよ」

「嘘、違う！」

「うん？　なにが嘘？」

そこでソフィアとフランコが我に返り、口を閉ざした。二人とも、犬に変身する話を一般人に言うわけにはいかないのだ。けれど嘘つきと言われたソフィアの怒りは収まらず、持っていき場のない感情が涙になってこぼれ出た。

フランコはフランコでさほど悪気なく言った言葉で、こんなにソフィアが怒ると思わなかった。その上、知らない場所まで走ってきてしまって慌てている。大泣きしているソフィア、知らない若者、初めての場所。フランコは一気に心細くなり、こちらも泣きだした。

うわんうわんと号泣する子供たちをどうしたものかと悩んだジェノは、とりあえず『隠れ家』まで二人を連れていくことにした。歩きながら号泣している二人に、優しく声をかけてみる。

「ねえ、もう泣き止んでよ。僕が泣かしているみたいに見えるよ」

「うわああん。フィーちゃん、嘘、違う！」

「君も泣き止もうよ。僕、困っちゃうよ」

「わああん、僕、悪くないもん！」

「はあ。参ったなあ」


ギャンギャン泣いている声は、店でおしゃべりをしていたヘンリーの耳に届いた。ヘンリーが「ちょっと失礼」とマイに断って立ち上がる。店の外に出ると、前方にジェノがいた。大泣きしている子供二人と両手をつなぎ、ほとほと困った様子だ。

「ジェノ！　どうした？」

「ハウラー様！　ああよかった！　助かりました！」

駆け寄ったヘンリーがソフィアの前でしゃがむ。

「君はマイさんのところに来ている子だね。ソフィアちゃん、だったかな？」

ヒックヒックと泣きながらソフィアがうなずく。

「こっちの君は、誰かな？」

「僕、フランコ。ソフィアが嘘をつくから、嘘はダメだよって言っただけなのに。わあああん」

号泣するフランコにつられて、ソフィアがまた大声で泣く。そこへマイが走り出てきた。

「ソフィアちゃん！」と声をかけると、マイに向かってソフィアが駆け寄る。

「どうしたの？　おばあちゃんは？　また一人で来ちゃったの？」

「フランコ、一緒」

「ええと、まずはうちにいらっしゃい。ゆっくりお話を聞かせてくれる？　果実水もあるわよ。そんなに泣いていたら喉が渇いたでしょう」

走り続けた後に大泣きしていた二人がピクリと動く。言われてみれば確かに喉がカラカラだ。

「フィーちゃん、飲みたい」

「僕も」

「わかったわ。さ、いらっしゃい。でも、どうしましょう。おばあちゃんはきっと、心配してソフィアちゃんを探しているわね」

すかさずヘンリーがマイを安心させようとする。

「それは俺の方で連絡をしておきます。家の住所はわかりますか？」

「僕、わかる。僕の家は川沿い町の二番通りだよ」

「川沿い町の二番通りだね。マイさん、俺が連絡してきますよ」

「ハウラー様、連絡なら僕が行って参ります」

気が利くジェノの言葉に、ヘンリーは「そうか、では頼む。ジェノは私の用事で帰りが遅くなると、文官たちに伝えておく。慌てずに行ってきてほしい」と言ってジェノを送り出した。

マイに店まで案内され、果実水の入ったコップを渡された二人は、ゴキュッゴキュッと音を立てて一気に飲み干してしまう。

「喉が渇いていたのねえ。お代わりする？　それともシュークリームがあるから、食べる？」

「食べる！」

ソフィアは即答するが、フランコは六歳なりに初対面のマイに遠慮がある。シュークリームがなんなのかもわからない。

「フランコ君も食べてくれる？　シュークリームは甘くて柔らかくて美味しいわよ。あ、ヘンリーさん、もうお城に戻ってくださっても大丈夫ですよ」

「あ、うん。それじゃ帰ろうかな」

マイの気持ちが完全に子供たちへと移っているのに気づいて、ヘンリーは苦笑しながら城へ向かう。

ソフィアとフランコは客がいなくなった店内で、シュークリームを食べた。

「おいしっ！　フィーちゃん、これ好き！」

「僕も好き。美味しいね」

二人が口の周りにカスタードクリームをつけながら食べているのを、マイがニコニコして見ている。マイの笑顔に、ソフィアの波立っていた心がスッと鎮まった。

「それで、どうして二人で泣いていたのかしら？」

ソフィアは泣いていた理由を説明しようとしたが、もう忘れていた。フランコは「ソフィアが変身できると嘘をついた」と言うわけにいかないから下を向いた。

「まぁいいか。二人とも泣き止んだし、元気になったものね」

そんなやり取りをしていたらカリーンが駆け込んできた。

「ソフィア！　フランコ！　黙って遠くへ行っちゃダメだって言ってあるでしょう！　マイさん、何度もごめんなさいね。ソフィアどころかフランコまで。なんとお詫びしたらいいやら」

何度も頭を下げるカリーンを、マイが笑顔で慰める。

「何事もなくてよかったです。じゃあ、ソフィアちゃん、フランコ君、またね！」

カリーンに手を引かれて帰っていく子供たちを見送り、マイは改めて（子供はいいよねえ）としみじみ思う。

その頃、役目を終えたジェノは、カリーンが自分を追い抜いてあっという間に走り去った姿を思い出していた。

「あの人、僕のお母さんと同じか少し上の年齢に見えるのに、すんごい速さで走っていったなあ。あの年齢であんなに走れるなんて、すごいや」

カリーンに説教されながら家に向かうフランコは、心の中に目標を打ち立てていた。

（マイさんて、きれいで優しくて、あんなに美味しいお菓子も作れるんだな。決めた。僕、大人になったら、マイさんと結婚する！）

ソフィアはカリーンの家に着いてから、たどたどしく事の次第を説明した。

「そうかい。嘘つきって言われちゃったのか。その場で変身しなかったのは、偉かったね。よく我慢したよ。よしよし。フランコはソフィアが変身できることを知らないの。だから許してあげてね」

「うん。いいよ」

カリーンにお膝の上で頭を撫でられて、(ばあばにほめられた)とソフィアは満足している。

番外編　絵本の中のお姫様

マイと二人で実母のカルロッタを訪問したとき、ヘンリーは人生で初めての大失敗をした。

着替えを持っていないのに変身を抑える薬を飲み、素っ裸の上にマイのコート一枚というみっともない格好になった。ひそかに思いを寄せていたマイは、そんなヘンリーを見ても笑わなかったし呆れなかった。それどころか「風邪をひくから早く帰ってください」と、ヘンリーのことを心配してくれた。

情けない格好で実家に戻って塀を乗り越えた。壁のわずかな出っ張りに指をかけて自分の部屋に戻り、服を着た。

服を着ながら突然、昔読んでいた子供向けの本を思い出した。なぜその本を思い出したのか不思議に思いながら、子供時代の本を収めてある本棚の前に立つ。

懐かしい本はすぐに見つかった。表紙の角が擦り切れている。数えきれないほど読んだお気に入りの本。パラパラとページをめくっていくと、懐かしいお姫様がいた。お姫様は微笑(ほほえ)むのではなく、口を大きく開けて笑っている。

「あれ？　このお姫様、なんとなくマイさんに似ているな」

ヘンリーは指先でそっとその笑顔に触れた。お姫様は豪快に笑い、盛大に涙を飛ばして泣き、隣国の王子と一緒に活躍している。王子は黒髪で背が高く、自分に似てなくもない。


ヘンリーは内向的な子供だった。身体能力は飛び抜けて高かったし運動が嫌いなわけではなかったが、外で遊び回るよりも本を読んでいることを好んだ。無表情で喜怒哀楽をほとんど見せない子供だった。

表情に乏しいヘンリーが心を閉ざしているように感じられて、ハウラー夫妻は（まだ自分が養子だとは知らないはずなのに、何か感じ取っているのだろうか）と心配した。

表情のない子供ではあったが、それでも本を買い与えたときははっきりと喜ぶ顔を見せるものだから、夫妻はヘンリーの笑顔を見たくてせっせと本を買い与えた。ヘンリーは与えられる本を、種類を問わずに何でも熱心に読んだ。

本はどんどん増えていったが、その中でも全ての絵と文章を暗記するほど繰り返し読んだのが『逃げ出したお姫様』という本だ。

お城の塔に閉じ込められたお姫様が「こんな壁、壊してやる」と言って魔法の力が込められたハンマーで壁をぶち破り、とっとと逃げ出す。元気なお姫様は隣国の王子と出会い、二人で悪者を退治したり宝物を探したりする。

多くの本は非力なお姫様が王子様に助けられるという内容の中で、そのお姫様は異色だった。それが新鮮で気に入り、幼いヘンリーは繰り返し『逃げ出したお姫様』を読んだ。

マイは『逃げ出したお姫様』みたいな人だと思う。へこたれたり諦めたりすることがない。いつでも前を向き、あるときは穏やかに、あるときは豪快に笑っている。

『逃げ出したお姫様』を読むのをやめた日のことを、ヘンリーははっきりと覚えている。五歳で流行り病（はやりやまい）にかかって、猫に変身したときだ。自分が猫型の半獣人であることと養子であることを養父に伝えられた。

賢いヘンリーはそれがどういうことか、正確に理解した。無表情に話を聞きながら、ヘンリーは心の扉を一枚、静かに閉めた。

自分の前にお姫様は現れない。自分は王子様にはなれない。誰かと二人で楽しく暮らすことはない。自分はずっと本当の姿を隠し続けなければならない。五歳で多くのことを理解して諦めた。

それから二十年。長い時間を経てマイに出会った。マイは陽気な笑顔で、ヘンリーの心の扉を開けてくれた。

ヘンリーは微笑みながら最後まで本のページをめくった。読み終えても本棚には戻さずに机の上に置く。異色の姫の物語は、大人になって読んでも面白い。

「こんな終わり方だったっけ？」

お話の終わり方が自分の記憶と少し違っていた。「二人はお城で長く幸せに暮らしました」という終わり方だと思っていたが、絵本の中の二人は、手をつないでお城の入り口に立っていた。その視線はお城の中ではなく外に向けられている。

「二人が広い世界を見ているところで終わるんだな」

羞恥心と自己嫌悪にまみれて帰ってきたが、今は穏やかな気分だ。

五歳で心の扉を閉じたけれど、マイのおかげで扉の先に踏み出すことができた。ヘンリーはベッドにに入ると、幸せな気分で目を閉じた。

翌朝、人間の姿で朝食を食べに階下へ下りると、養父母が自分を見てホッとした顔になった。

「無事に戻ったのだな」

「はい。ご心配をおかけしました」

言葉は少ないが、互いに相手の言いたいことはちゃんと伝わっている。

朝食を食べながら養母が庭の話をしていて、養父はそれに相槌を打っている。ヘンリーは黙って聞き、二人の会話が途切れるのを待って口を開いた。

「子供の頃、たくさん本を買っていただきましたね。本は私の大きな楽しみでした。今までそれを言葉にして感謝してこなかったことを反省しています。父上、母上、たくさんの本を与えてくれたことと、私を可愛がって育ててくださったこと、心から感謝しています」

「急にどうしたんだい？　具合が悪いわけじゃないだろうね」

「どうもしません。具合も悪くありませんよ。伝えたいことはその場で言葉にして伝えることにしたのです。私は本当に恵まれた環境で、愛されて育てていただいたなと思ったものですから」

「ヘンリーったら。急にそんなことを言って」

養母は食事の手を止めて涙ぐむ。

こんなささやかな感謝さえ、養母は涙ぐむのだなと思う。

「父上と母上にはたくさん親孝行をするつもりです。ですからどうか長生きをしてください」

今度は養父が目を潤ませた。

王都の行き止まりカフェ『隠れ家』～うっかり魔法使いになった私の店に筆頭文官様がくつろぎに来ます～ 1

2024年12月25日　初版発行

著者　守雨
発行者　山下直久
発行　株式会社KADOKAWA
〒102-8177　東京都千代田区富士見2-13-3
0570-002-301（ナビダイヤル）
印刷　株式会社広済堂ネクスト
製本　株式会社広済堂ネクスト

ISBN 978-4-04-684336-4 C0093　Printed in JAPAN

企画　株式会社フロンティアワークス
担当編集　齊藤かれん（株式会社フロンティアワークス）
ブックデザイン　鈴木 勉（BELL'S GRAPHICS）
デザインフォーマット　AFTERGLOW
イラスト　染平かつ

本シリーズは「小説家になろう」（https://syosetu.com/）初出の作品を加筆の上書籍化したものです。
この作品はフィクションです。実在の人物・団体・事件・地名・名称等とは一切関係ありません。

ファンレター、作品のご感想をお待ちしています

宛先
〒102-8177　東京都千代田区富士見2-13-3
株式会社 KADOKAWA　MFブックス編集部気付
「守雨先生」係「染平かつ先生」係

二次元コードまたはURLをご利用の上
右記のパスワードを入力してアンケートにご協力ください。

https://kdq.jp/mfb

パスワード
2rvum

● PC・スマートフォンにも対応しております（一部対応していない機種もございます）。
●アンケートにご協力頂きますと、作者書き下ろしの「こぼれ話」が WEB で読めます。
●サイトにアクセスする際や、登録・メール送信時にかかる通信費はご負担ください。
● 2024 年 12 月時点の情報です。やむを得ない事情により公開を中断・終了する場合があります。